AF378080

Ni me gusta mi cuello
ni me acuerdo de nada

Nora Ephron
Ni me gusta mi cuello ni me acuerdo de nada

Ilustraciones de Patricia Bolaños

Traducción de Catalina Martínez Muñoz

Libros del Asteroide

Primera edición, 2024
Primera reimpresión, 2024
Títulos originales: *I Feel Bad About My Neck* y *I Remember Nothing*

Queda rigurosamente prohibida, sin la autorización
escrita de los titulares del *copyright*, bajo
las sanciones establecidas en las leyes, la reproducción
total o parcial de esta obra por cualquier medio
o procedimiento, incluidos la reprografía
y el tratamiento informático, y la distribución
de ejemplares mediante alquiler o préstamos públicos.

Copyright © 2006 y © 2010 by Heartburn Entreprises, Inc.
Todos los derechos reservados incluido el derecho de reproducción total o parcial.
Publicado por acuerdo con Alfred A. Knopf, un sello de The Knopf Doubleday Group,
una división de Penguin Random House, LLC.

© de la traducción, Catalina Martínez Muñoz, 2024
© de esta edición, Libros del Asteroide S.L.U.

Ilustraciones de cubierta y de interior: © Patricia Bolaños

Publicado por Libros del Asteroide S.L.U.
Santaló 11-13, 3.º 1.ª
08021 Barcelona
España
www.librosdelasteroide.com

ISBN: 978-84-10178-22-9
Depósito legal: B.18262-2024
Impreso por Liberdúplex
Impreso en España - Printed in Spain
Diseño de colección: Enric Jardí
Diseño de cubierta: Duró

Este libro ha sido impreso con un papel ahuesado,
neutro y satinado de ochenta gramos, procedente de bosques
correctamente gestionados y con celulosa 100 % libre de cloro,
y ha sido compaginado con la tipografía Sabon en cuerpo 11,5.

Nora Ephron

Nora Ephron (Nueva York, 1941-2012) inició su carrera profesional como periodista. En 1975 publicó su primer libro de ensayos, *Ensalada loca*, que fue aclamado por la crítica y al que seguirían obras tan populares como la novela *Se acabó el pastel* (1983) y los libros de ensayos *No me gusta mi cuello* (2006; Libros del Asteroide, 2023) y *No me acuerdo de nada* (2010; Libros del Asteroide, 2022), publicado poco antes de su muerte a los 71 años. Su carrera como cineasta fue igualmente exitosa. Fue nominada al Oscar al mejor guion original en tres ocasiones por las películas *Silkwood* (1983), *Cuando Harry encontró a Sally* (1989) y *Algo para recordar* (1993), que también dirigió. Entre su larga e influyente filmografía destacan además *Tienes un email* (1998) y *Julie & Julia* (2009), escritas y dirigidas por ella.

Índice

No me gusta mi cuello

No me gusta mi cuello

Para Nick, Jacob y Max

No me gusta mi cuello

No me gusta mi cuello. Francamente. Si lo vieran tampoco les gustaría, aunque lo más probable es que, por educación, no lo confesaran. Si yo hiciera algún comentario, si dijera, por ejemplo: «Me horroriza mi cuello», seguro que me responderían amablemente algo como «No sé de qué me hablas». Mentirían, claro, pero se lo perdono. Yo digo mentiras así a todas horas: sobre todo

a mis amigas, cuando me dicen que les fastidia tener bolsas en los ojos, o papada, o arrugas, o un flotador en la cintura, y me preguntan si creo que deberían operarse los párpados, hacerse un estiramiento facial, un tratamiento de bótox o una liposucción. Sé por experiencia que el «No sé de qué me hablas» es un mensaje cifrado y significa: «Entiendo lo que quieres decir, pero si crees

que vas a liarme para que me pronun- 
cie, estás loca». Es peligroso, como
todos sabemos, pronunciarse en estos
casos. Porque si yo dijera: «Sí, sé perfectamente lo que quieres decir», mi
amiga podría ir derecha a operarse los
párpados, por ejemplo, y la cosa podría no salir bien, y mi amiga podría
convertirse en una de esas personas que
salen en la prensa sensacionalista por querellarse contra
su cirujano plástico porque no pueden volver a cerrar los
ojos. Además, y esta es la clave: sería Todo Culpa Mía.
Soy especialmente sensible al Todo Culpa Mía, desde que
en 1976 una de mis amigas me aconsejó que no com-
prara un apartamento perfecto en la calle Setenta y cinco
Este: nunca se lo he perdonado.

A veces salgo a comer con mis amigas chicas… al llegar a este punto de la frase caigo en la cuenta. Creo que
debería decir con mis amigas mujeres. Porque ya no
somos chicas desde hace cuarenta años. El caso es que
a veces salimos a comer y, al echar un vistazo alrededor
de la mesa, veo que todas llevamos jersey de cuello alto.
Otras veces llevamos fulares, como Katharine Hepburn
en la película *En el estanque dorado*. Y también llevamos camisas con cuello mao, como una versión de *El
club de la buena estrella* formado por señoras blancas.
En parte es gracioso y en parte triste, porque no estamos obsesionadas por la edad: ninguna de nosotras
miente y se quita años, por ejemplo, y ninguna lleva
ropa impropia de su edad. Todas estamos bien para los
años que tenemos… Si no fuera por el cuello.

Ay, los cuellos. Son cuellos de gallina. Son cuellos de pavo. Son cuellos de elefante. Son cuellos con papada y cuellos con arrugas a punto de convertirse en papadas. Son cuellos esqueléticos y cuellos gordos, cuellos caídos y cuellos fofos, cuellos con anillos de Venus, cuellos arrugados, cuellos fibrosos, cuellos descolgados, cuellos flácidos, cuellos con manchas. Son cuellos con una asombrosa combinación de todo lo anterior. Según mi dermatólogo, el cuello empieza a estropearse a los cuarenta y tres años, y se acabó. Puedes maquillarte, ponerte corrector de ojeras y teñirte el pelo; puedes inyectarte bótox y ácido hialurónico en las arrugas, pero sin cirugía no hay manera de arreglar el cuello. El cuello te delata irremediablemente. La cara es mentira y el cuello es la verdad. Para saber la edad que tiene una secuoya hay que cortarle el tronco, cosa que no haría falta si tuviera cuello.

Mi experiencia personal con el cuello empezó poco antes de cumplir los cuarenta y tres. Me operaron, y me quedó una cicatriz horrible justo encima de la clavícula. Fue traumático aprender por las malas que un médico, aunque sea un cirujano famoso, puede no tener la más mínima habilidad para coser a la gente. Si no aprenden ustedes otra cosa de la lectura de este ensayo, queridos lectores, aprendan al menos esto: no se operen nunca ninguna parte del cuerpo sin pedir que un cirujano plástico esté presente en el quirófano y supervise la operación. Porque incluso si van a operarse de algo importante o posiblemente grave, incluso si creen sinceramente que su salud está por encima de la vanidad, incluso si se despiertan en la habitación del hospital con la alegría inimaginable de saber que no era cáncer, incluso eufóricos y agradecidos de estar vivos, deslumbrados por la cegadora revelación de lo que es importante y lo que no, incluso si juran vivir eternamente felices por seguir en el planeta Tierra y prometen no volver a quejarse nunca de nada, les aseguro que un día cercano, antes de lo que se imaginan, se mirarán en el espejo y pensarán: qué horror de cicatriz.

Suponiendo, claro está, que se miren en el espejo. Esta es otra cosa que he notado a partir de cierta edad: evito en la medida de lo posible mirarme en el espejo. Si paso por delante de un espejo, aparto los ojos. Si no tengo más remedio que mirarme, empiezo a entrecerrar los ojos, para tenerlos ya casi cerrados si veo algo malo de verdad y poder esquivar la imagen. Y, si la luz es buena (aunque espero que no lo sea), suelo hacer lo mismo que muchas mujeres de mi edad cuando se quedan clavadas delante de un espejo: tirar ligeramente de la piel del cuello y mirar con nostalgia una versión más joven de mí misma. (También he notado otra cosa, por cierto: si una quiere deprimirse mucho mucho por su cuello, lo mejor es sentarse en el asiento trasero de un coche, justo detrás del conductor, y mirarse en el retrovisor. ¿Qué les pasa a los retrovisores? No tengo la menor idea, pero no hay peores es-

pejos para los cuellos. Es uno de los misterios más fascinantes de la vida moderna, junto con el de por qué el agua fría del cuarto de baño está más fría que el agua fría de la cocina.)

Pero sigamos con mi cuello. Esto va de mi cuello. Y sé lo que están pensando: ¿por qué no va a un cirujano plástico? Se lo voy a decir. Si vas a un cirujano plástico y le dices: me gustaría que me arregle el cuello, su respuesta categórica será que no puede arreglarte el cuello sin hacerte también un estiramiento facial. Y no estará mintiendo. No estará timándote para que te gastes más dinero. Lo cierto es que todo es un enorme enredo. Si te estiras el cuello tienes que estirarte también la cara. Y yo no quiero estirarme la cara. Si fuera un panecillo y tuviera la cara esponjosa y redonda, haría de tripas corazón: los panecillos son los candidatos perfectos para estas cosas. Pero, por desgracia, soy una chica, y si me hicieran un estiramiento facial mi cuello mejoraría, seguro, pero se me quedaría la cara rígida y tensa. Prefiero mil veces ver esta cara y este cuello lamentables cuando me miro de reojo en un espejo que enfrentarme a una desconocida con una cara sospechosamente parecida a la piel de un tambor.

De vez en cuando leo un libro que habla de la edad, y quien lo escribe siempre dice que ser mayor es estupendo. Es estupendo ser una persona sensata y sabia y serena; es estupendo entender por fin qué es lo importante en la vida. No soporto a la gente que dice estas cosas. ¿En qué estarán pensando? ¿Es que no tienen cuello? ¿No se hartan de esconderlo con la ropa? ¿No les molesta tener que prescindir, por culpa de las arrugas en el cuello, del noventa por ciento de las prendas que podrían comprarse? ¿No les da pena tener que comprar ropa que ahoga? Una de las cosas que más lamento —incluso más que no haber comprado el apartamento de la calle Setenta y cinco Este, incluso más que

mi mayor descalabro amoroso— es no haberme pasado la juventud enamorada de mi cuello. Nunca se me ocurrió dar las gracias por mi cuello. Nunca se me ocurrió que tendría nostalgia de una parte de mi cuerpo que daba totalmente por sentada.

Por supuesto, es cierto que los años me han vuelto sensata, sabia y serena. Y también es cierto que comprendo sinceramente qué es lo importante en la vida. Y ¿adivinan qué es? Es mi cuello.

Odio mi bolso

Odio mi bolso. Lo odio a muerte. Si es usted una de esas mujeres que creen que los bolsos son geniales, no se tome la molestia de leer estas reflexiones, porque aquí no hay nada para usted. Esto es para mujeres que odian los bolsos, que no se les dan bien los bolsos, que saben que sus bolsos son un reflejo de su negligencia en las tareas domésticas, de una desorganización irremediable, de una incapacidad crónica para tirar nada, y de un continuo fracaso para hacer frente a las obligaciones de un accesorio tan exigente y complicado (la obligación, por ejemplo, de que combine bien con la ropa que llevas). Esto es para mujeres con bolsos que son un vertedero de caramelos Tic Tac, ibuprofenos perdidos, pintalabios sin funda, bálsamo labial de cosecha desconocida, restos de tabaco (aunque lleven por lo menos diez años sin fumar), tampones que se han salido de la funda, monedas inglesas de un viaje a Londres el pasado mes de octubre, tarjetas de embarque de viajes en avión olvidados hace mucho tiempo, llaves de hotel de a saber cuál, bolígrafos que pierden tinta, clínex tanto usados como sin usar (aunque sea imposible distinguir unos de otros), gafas con los cristales rayados, una bolsita de té vieja, varios cheques arrugados y llenos de manchas que se han soltado del talonario, y un cepillo de dientes sin funda con pinta de haberse utilizado para limpiar la plata.

Esto es para mujeres que a mediados de julio se dan cuenta de que aún no se han comprado un bolso de verano, o en pleno invierno siguen llevando una cesta de paja.

Esto es para mujeres a quienes les escandaliza que un bolso pueda costar quinientos o seiscientos dólares… por no hablar de los bolsos de lujo, como los Birkin, que cuestan diez mil dólares, aunque eso es lo de menos, porque ni siquiera es posible entrar en lista de espera para que te hagan uno. ¡En lista de espera! ¡Por un bolso! ¡Para comprar un bolso de diez mil dólares y que termine lleno de Tic Tac rancios!

En resumidas cuentas, esto es para quienes comprenden que el bolso y ella, en un sentido horripilante, son lo mismo. O, como habría podido decir Luis XIV, aunque no lo dijo, porque era demasiado listo para llevar bolso: *Le sac, c'est moi.*

Hace ya muchos años que vi que los bolsos no se me daban bien, y en un principio me las arreglé para vivir sin ellos. Era escritora y pasaba la mayor parte del tiempo en casa. No necesitaba un bolso para ir a mi propia cocina. Cuando salía, normalmente de noche, me las apañaba casi siempre con un pintalabios, un billete de veinte dólares y una tarjeta de crédito en el bolsillo. Es más o menos lo que cabe, apretado, en un bolso de noche, y me ahorré un montón de dinero no comprando un bolso de noche. Los bolsos de noche, por razones incomprensibles salvo para un marxista, cuestan incluso más que los bolsos normales.

Desgraciadamente, a veces tenía que salir de casa con algo más que lo esencial. Resolví el problema comprando un abrigo con los bolsillos grandes. Vi entonces que mi abrigo acababa convertido en un bolso, pero aun así seguía siendo mejor que llevar un bolso. Cualquier cosa es mejor que llevar un bolso.

Porque esto es lo que pasa con un bolso. Empiezas por algo pequeño. Empiezas con el propósito de ser pulcra. Empiezas con la promesa de que «Esta vez será distinto». Empiezas por las cosas imprescindibles: la cartera y un par de cosméticos que guardas a su vez en un neceser nuevo y reluciente, como los que usan tus amigas que entienden de estas cosas, las que saben manejar más de un bolso a la vez. Pero en cuestión de segundos, en tu bolso se acumulan los residuos de toda una vida. Los cosméticos, no sabes cómo, se han salido del flamante neceser (vale, se te olvidó cerrar la cremallera), las monedas se han caído de la cartera (vale, se te olvidó cerrar el monedero), las tarjetas de crédito están en algún rincón del abismo (vale, se te olvidó guardar

la tarjeta de crédito en la cartera después de comprar el protector solar que ahora está pringando el forro porque se te olvidó ponerle el tapón después de echártelo en las manos cuando ibas por la autopista a 110 por hora). Además, la mayor parte del espacio del bolso lo ocupa una maravilla tecnológica en la que llevas tu agenda y calendario, o podría llevarlos... si no se hubiera quedado sin batería. Además, hay media botella de agua y varios tentempiés que has guardado del viaje en avión, por si acaso en algún momento te ves muerta de hambre y con unas ganas irresistibles de comerte un trozo de queso con sabor a plástico. A lo mejor puedes meter las bragas en el bolso. ¡Sí, claro que puedes! Cuando quieres darte cuenta, el bolso pesa diez kilos, corres grave peligro de bursitis y tienes que operarte por cargar con él de un lado a otro. Todas tus posesiones están en el bolso. Podrías huir de los cosacos con el bolso. Y, cuando lo abres, no encuentras nada: el bolso es un enorme agujero negro lleno de cosas que tardas horas en pescar. Ayudaría tener una linterna, pero si la guardaras en el bolso nunca la encontrarías.

¿Cuál es la solución? Ya no soy una escritora que se pasa el día sentada en casa. Necesito cosas. Necesito cosas para trabajar. Necesito cosméticos que me saquen de un apuro. Necesito un libro que me haga compañía. Es triste, pero necesito un bolso. Llevo tiempo buscando la solución. Como esas mujeres de Hollywood a quienes les da por lanzarse de cabeza a la Cábala, la Cienciología o el yoga, leía todos los artículos sobre bolsos que me prometían liberarme del tormento. Y un día pensé: a lo mejor la solución no es tener un bolso, sino dos. Así que he probado a tener dos bolsos: uno para las cosas personales y otro para las cosas de trabajo. (Sí, ya lo sé: el segundo bolso suele llamarse cartera.) Este sistema funciona para la mayoría de la gente, pero para mí no, por una razón evidente que ya he descubierto: no soy una persona organizada. He probado la solución de gastar mucho dinero en un bolso, con la teoría de que tener un bolso caro sería una motivación para cambiar mi personalidad, pero esto tampoco funcionó. Y he probado también uno de esos bolsos tipo Prada que son como mochilas, pero cuando compré uno ya empezaba a pasarse de moda y, además, llevaba tantas cosas que parecía una sherpa.

Y así hasta que un día me vi en París, con una amiga que anunció que su objetivo para el fin de semana era comprarse un bolso Kelly. Puede que sepan lo que es un bolso Kelly. Yo no lo sabía. Nunca había oído hablar de ese bolso. ¿Qué es un bolso Kelly?, pregunté. Mi amiga me miró como si llevara el siglo entero dormida en una caverna. Y me explicó: Es un modelo que sacó Hermès en la década de 1950 y que se hizo famoso porque lo llevaba Grace Kelly; de ahí su nombre. Es un clásico. Es el equivalente en bolso al collar de perlas más perfecto del mundo. Todavía se sigue fabricando, pero mi amiga no quería un bolso nuevo, quería

un bolso Kelly *vintage*. Le habían dicho que en un mercadillo había un vendedor que tenía varios. Como el mercadillo solo abría los fines de semana, pasamos varios días comiendo, bebiendo y haciendo turismo, todo ello (en el caso de mi amiga) como mero preludio del acontecimiento principal. ¿Cuánto cuesta ese bolso?, pregunté. Casi me muero cuando me lo dijo: alrededor de tres mil dólares. ¿Tres mil dólares por un bolso viejo, además (si haces cuentas, y yo las hacía) del billete de avión?

Bueno, por fin fuimos al mercadillo y allí estaba el bolso Kelly. Yo no sabía qué decir. Se parecía a los bolsos de mi madre. Era un bolso rígido que se llevaba colgado del brazo y en el que apenas cabía nada. Puede que yo no entienda de bolsos, pero sé que un bolso rígido que se lleva colgado del brazo (y no del hombro) te echa diez años de más y encima te inmoviliza la mitad del cuerpo. En el mundo moderno, los brazos tienen que estar libres. No quiero ponerme demasiado seria, pero un bolso (como unos zapatos de tacón) dificulta la movilidad. Por esta, entre otras muchas razones, no se entiende que los hombres se sumen a la moda de llevar bolso. Que una de las manos esté ocupada por el bolso significa que no tiene libertad para la cantidad de cosas emocionantes en las que podría utilizarse, como abrirse paso entre las multitudes, abrazar a los seres queridos, trepar por la escala social y hacer señas a los taxis desesperadamente.

El caso es que mi amiga se compró su bolso Kelly. Pagó por él dos mil seiscientos dólares. El color no era exactamente el que quería, pero el bolso estaba en muy buen estado. De todos modos, tenía que impermeabilizarlo de inmediato o el bolso perdería la mitad de su valor si se mojaba con la lluvia. ¿Impermeabilizarlo? ¿Mojarse con la lluvia? Nunca se me había ocurrido preocuparme por que un bolso se mojara con la lluvia, y mucho menos que hubiera que impermeabilizarlo. Una vez más pensé que mi madre no me había enseñado nada de bolsos, y casi sentí lástima de mí misma. Pero ya era la hora de comer.

Fuimos a un bistró, y el bolso Kelly ocupó el centro de la mesa, convertida así en el pequeño altar de una victoria. Cuando salimos, empezó a llover. Y a mi amiga empezaron a llenársele los ojos de lágrimas. Vi que apretaba los labios. En honor a la verdad, parecían la cremallera de un bolso. Llovía a mares, y el bolso Kelly no estaba impermeabilizado. Tendría que quedarse toda la tarde en el bistró, hasta que dejara de llover, para no exponer el bolso a una sola gota de humedad. Se me ocurrió que quizá ella y su bolso Kelly tendrían que quedarse en el bistró para siempre. Que pasarían los años y no dejaría de llover. Mi amiga se haría vieja (pero su bolso Kelly no) y, al final, el bolso y ella, como en una versión moderna de lo que le ocurrió a la mujer de Lot, se convertirían en un monumento que nos recuerda lo que le pasa a la gente

que se preocupa demasiado por los bolsos. Su caso inspiraría parábolas y canciones populares. Y entonces me rendí y dejé de preocuparme por los bolsos.

Volví a Nueva York y me compré un bolso. Bueno, no es un bolso exactamente: es una bolsa. Definitivamente, es la mejor bolsa que he tenido nunca. Lleva estampada la imagen de la tarjeta MetroCard, que es amarilla (amarillo taxi, para ser exactos) y azul (el azul más horrible de todos: azul real); es decir, que no pega con nada, y por tanto, en un plano muy profundo, pega con todo. Es una bolsa de plástico, y por tanto, cien por cien impermeable. Resulta igual de fea en todas las estaciones del año. Cuesta prácticamente nada (veintiséis dólares) y nunca tendré que cambiarla por otra, porque parece completamente indestructible. Además, como nunca ha estado de moda, nunca pasará de moda.

Reconozco que no sirve para todo. En alguna ocasión me veo obligada a llevar bolso, uno que odio. Pero casi siempre voy a todas partes con mi bolsa de MetroCard. Y en todas partes, la gente me dice: «Me encanta esa bolsa. ¿Dónde la has comprado?». Y les cuento que la he comprado en el Museo del Transporte de la estación de Grand Central, que destina todos sus beneficios a mejorar todavía más la red de metro de Nueva York. Que yo sepa, todo el mundo ha ido a comprar una bolsa. O no. Da lo mismo. Yo estoy muy contenta.

Monogamia en serie: Mis flecharos en la cocina

Mi madre me regaló mi primer libro de cocina. Era 1962, y yo empecé mi vida en Nueva York con su regalo: *The Gourmet Cookbook* (volumen I) y varios juegos de sábanas y fundas de almohada (blancas, con puntilla). *The Gourmet Cookbook* era un tomo enorme, con una cubierta triste de color marrón rojizo. Lo publicaron los editores de la revista *Gourmet*, ilustrado con espléndidas y reverentes imágenes, algo lúgubres, de los platos por los que la revista era famosa. El mero hecho de tener este libro había cambiado la vida de mi madre. Hasta que se publicó, en la década de 1950, mi madre se acercaba a la cocina lo menos posible. Teníamos una estupenda cocinera sureña, Evelyn Hall, que preparaba clásicos americanos como rosbif, pollo frito y una tarta de manzana de primera categoría. Pero gracias a *The Gourmet Cookbook*, Evelyn empezó a hacer pollo Marengo y flan; mi madre no tardó en meterse en la cocina, y de la noche a la mañana aprendió a hacer rollitos de primavera. La receta de los rollitos está en la página 36, aunque no dice nada de lo estresante y trabajoso que es hacer rollitos; ni siquiera insinúa la tensión que una persona puede llegar a producir en una casa cuando sirve unos rollitos de primavera que ha tardado horas en hacer y no están ni la mitad de ricos que los del restaurante chino de comida para llevar.

Tener un ejemplar de *The Gourmet Cookbook* hacía que me sintiera de lo más sofisticada. Llevaba años regalándolo a mis amigas cuando se casaban. Era un emblema de madurez, un distintivo de gente lista, elegante y con estudios universitarios en el campo de la gastronomía, pero yo nunca lo usaba como se supone que se usa un libro de cocina: abriéndolo en la encimera, siguiendo los pasos, salpicando y ensuciando las páginas con manchas de mantequilla y chocolate, y desarrollando un diálogo unilateral con el propio libro; es decir, estableciendo una relación con él.

El libro de cocina que seguí la mayor parte de mi primer año en Nueva York era un volumen pequeño: *The Flavour of France*. Me lo regaló una mujer poderosa y unos años mayor que yo a la que llamaremos Jane y a la que conocí en mi primer verano en la ciudad. Tenía veinticinco años, me cogió de la mano y me introdujo no solo en este libro de cocina, sino también en el *brie*, el *vitello tonnato* y el famoso local de tortilla francesa de la manzana de las calles Sesenta Este. Lo cierto es que la primera vez que

fui a la tortillería, que se llamaba Madame Romaine de Lyon, yo era la chica del correo en la revista *Newsweek*, y ganaba cincuenta y cinco dólares a la semana, por lo que casi me desmayo al ver que una tortilla costaba 3,45 dólares. Jane me introdujo también en el concepto de «A uno de distancia». Estabas a uno de distancia de alguien cuando te habías acostado con el mismo chico. Jane se había acostado con unos cuantos periodistas, editores y novelistas prometedores, y el más famoso de todos, después de su única noche juntos, le regaló un ejemplar de uno de sus libros, que guardaba oportunamente en una caja, justo al lado de la puerta principal. Según Jane, cuando iba a marcharse, el tipo le dijo literalmente: «Coge uno a la salida».

La noche que dispararon al presidente Kennedy, Jane había organizado una cena en su casa, que no se canceló a pesar de la tragedia, como suele ocurrir con estas cosas. De entrante sirvió *céleri rémoulade*, un plato que yo no había probado nunca y que sigue siendo un misterio para mí. Unos meses después, me enrollé con un chico con quien Jane se había enrollado. Es decir, que pasamos a estar a uno de distancia y, curiosamente, eso fue el final de nuestra amistad, aunque no el final de mi relación con *The Flavour of France*.

The Flavour of France tenía el tamaño de una agenda: apenas quince por veinte centímetros. Incluía breves bloques de texto con recetas de Narcissa Chamberlain y su hija Narcisse, ilustrados con grandes fotografías en blanco y negro de sus viajes por Francia. Las fotos las hacía el marido de Narcissa (y padre de Narcisse), Samuel Chamberlain. No me fijaba mucho en la misteriosa familia Chamberlain mientras cocinaba con su libro y, si alguna vez me daba por fijarme, normalmente me quedaba perpleja. Para empezar, no entendía por qué una mujer que se llamaba Narcissa le ponía a su hija Narcisse. Tampoco entendía su colaboración. ¿Recorrían Francia en coche, los tres juntos, peleándose para ver a quién le tocaba sentarse detrás? ¿Le gustaba a Narcisse trabajar con sus padres? Y en tal caso, ¿estaba loca? Pero las recetas de los Chamberlain eran fáciles, infalibles. Aprendí a hacer una *mousse* de chocolate perfecta en solo cinco minutos, y un postre maravilloso de peras con nata caramelizadas al horno. Hice esas peras durante muchos años, aunque la *mousse* de chocolate al final desapareció de mi repertorio, cuando llegaron los años del flan.

Justo antes de mudarme a Nueva York ocurrieron dos acontecimientos históricos: se inventó la píldora anticonceptiva y se publicó el primer libro de cocina de Julia Child. La consecuencia fue que todo el mundo se entregó al sexo, y después del sexo siempre se cocinaba algo. Una de mis amigas se fue a vivir con un chico del que estaba enamorada. Su madre,

horrorizada, le advirtió que ese chico nunca se casaría con ella, porque ya se había acostado con él. «Haz lo que quieras —le dijo—, pero ni se te ocurra cocinar para él.» La advertencia llegó demasiado tarde. Ya había cocinado para él. Y el chico se casó con ella de todos modos. Esto fue justo cuando se descubrió la endivia, a la que siguió la rúcula, a la que siguió la achicoria roja, a la que siguió la escarola, a la que siguieron los brotes verdes, los canónigos y los germinados, y esta, en resumidas cuentas, es la historia de los últimos cuarenta años en lo que se refiere a la lechuga. Pero me estoy anticipando.

A mediados de la década de 1960, tres libros se convirtieron en la santísima trinidad de los libros de cocina: *El arte de la cocina francesa*, de Julia Child; *The New York Times Cookbook*, de Craig Claiborne; y *Michael Field's Cooking School*. Para entonces yo trabajaba de reportera en el *New York Post* y vivía en el Village. Si pasaba una noche sola en casa, me preparaba una buena cena con uno de estos libros. Luego me sentaba a cenar delante del televisor. Me sentía intrépida y heroica mientras disfrutaba de mi cena perfecta. Vale, no tenía con quién salir, pero al menos no era una chica solitaria que se queda en casa con un patético yogur. Zamparme la cena para cuatro que había preparado era probablemente igual de triste, aunque nunca se me ocurrió.

Preparé todas las recetas del libro de Michael Field y por lo menos la mitad de las del primer libro de Julia, y, mientras cocinaba, tenía conversaciones imaginarias con los dos. Julia era más simpática y más comprensiva: entonces ya salía en televisión, y se había hecho famosa porque se le caía la comida, la recogía y la echaba de vuelta en la cazuela. Michael Field era más estricto y riguroso; la verdad es que era casi fascista. Tenía muchos prejuicios sobre utensilios como la prensa de ajos (decía que le daba al ajo un sabor amargo), así que tiré la mía por miedo a que Michael Field se materializara de repente en mi cocina y me riñera. Sus recetas eran muy precisas, y yo las seguía al pie de la letra. Era joven y creía que, si le arrancabas un solo pelo de la cabeza a una receta, ya no saldría bien. Cuando venía gente a cenar, me encantaba servir el complicado pollo al curry de Michael, acompañado de papadams, aunque a veces preparaba una receta de cordero al curry de Craig Claiborne, algo más sencilla, que habían publicado en la columna dominical de Craig en *The New York Times Magazine*. Llevaba plátanos y nata montada. La preparé hace poco y me quedó fatal.

Craig Claiborne, además del principal redactor de cocina del periódico, era su crítico gastronómico. Tenía un poder y una influencia enormes, y llegué a desarrollar una especie de obsesión por él. Craig —todo el mundo lo llamaba así, aunque no lo hubiera visto en la vida— se había hecho famoso por su defensa de la cocina étnica, y yo, acólita fiel, aprendí a preparar platos como musaca y tabulé. Todo el mundo vivía por y para las recetas dominicales de Craig Claiborne; yo iba directa a la página de su receta del *Times* dominical. Todo el mundo sabía que Craig tenía una casa prefabricada en la bahía de East Hampton, a la que había añadido una cocina nueva, que normalmente cocinaba con el chef francés Pierre Franey y que despreciaba la lechuga iceberg. Es imposible hablar de la historia de la lechuga a lo largo de los últimos cuarenta años sin citar a Craig; su papel fue determinante. Yo siempre había sentido debilidad por la lechuga iceberg con salsa roquefort, y este era uno de mis motivos de discusión imaginaria con Craig.

Tuve la esperanza, durante mucho tiempo, de que Craig y yo nos conociéramos y nos hiciéramos amigos. Llegué a pensar mucho en esto, principalmente en qué prepararía si él viniera a cenar a mi casa. No sabía si servir algún plato de sus libros de cocina o de otros. A lo mejor había un protocolo para estas cosas; de haberlo, yo no lo conocía. Se me ocurrió que sería mejor hacer una receta propia, pero no tenía ninguna receta enteramente propia, con la posible excepción de la salsa barbacoa de mi madre, que llevaba esencialmente kétchup Heinz. De todos modos, tenía unas ganas locas de que Craig viniera a cenar. Había leído en alguna parte que a la gente le daba miedo invitarlo a cenar. A mí no: no lo conocía. Tengo que confesar que, en mis fantasías, también acariciaba la esperanza de que a raíz de aquella cena él escribiera un artículo en el que hablaría de mí y, naturalmente, incluiría mis recetas; pero, como ya he dicho, no tenía ninguna propia.

El caso es que nos pusimos todas a cocinar y a competir neuróticamente. Buscábamos el aplauso, representábamos continuamente un papel y nos desvivíamos por serlo todo para todo el mundo. ¿Era esto el gran clímax de la contrarrevolución doméstica que siguió a la segunda guerra mundial, o el comienzo de un patológico exceso de ambición feminista? Nadie lo sabía. Estábamos demasiado atareadas pelando y troceando en dados.

Al casarme me sumergí en una serie de etapas culinarias totalmente delirantes. Preparaba el plato nacional brasileño. Envolvía cosas en masa filo. Rellenaba hojas de parra. Hacía suflés. Fui a un curso para aprender a manejar un robot de cocina. Hasta preparé un banquete chino que incluía el pollo al limón de Lee Lum. Lee Lum era el chef de Pearl's, el famoso restaurante chino donde nadie conseguía una mesa. Si la conseguías, te acordabas de la comida para siempre, porque llevaba tanto glutamato monosódico que te pasabas varios años sin dormir. La receta del pollo al limón de Lee Lum se preparaba rebozando con harina de castaña la pechuga de pollo cortada en tiras, friéndola, macerándola a continuación en una salsa de piña triturada y regándolo todo después con un bote de 30 mililitros de extracto de limón. La receta, una vez más, era de la columna de Craig Claiborne en el *Times* dominical. Por supuesto, Craig no tenía dificultad para encontrar mesa en Pearl's, y a mí me hacía ilusión ir con él algún día, cuando nos hubiéramos conocido y hecho amigos. Había estado en Pearl's una vez, y me quedé de piedra al ver que no solo era imposible encontrar mesa si no eras famoso, sino que tampoco bastaba con serlo: había distintas categorías de famosos. Estaban los menos famosos que conseguían mesa, los algo más famosos que conseguían que Pearl se acercara a su mesa para explicarles los platos especiales de la noche, y los famosos de verdad, los famosos de primera, a quienes Pearl les permitía pedir el pescado crujiente con salsa agridulce. A esto habíamos llegado en Nueva York. Había que tener mucho tirón para pedir pescado.

Empecé a escribir por cuenta propia para algunas revistas. En uno de mis primeros artículos, para la revista *New York*, hablé de Craig Claiborne y Michael Field, que resultó que estaban en guerra. El caso es que conocí a Craig Claiborne y, después de que se publicara el artículo, me invitó a su casa. Sirvió una cena poco memorable; al menos yo no la recuerdo. Después vino a cenar a nuestra casa, y preparé un plato de uno de sus libros

de cocina: una tartaleta de marisco chileno, receta de Felicia Montealegre, la mujer de Leonard Bernstein. Me parece increíble que me acuerde de su nombre, y aún más de cómo se escribe, sobre todo porque su receta era un decepcionante amasijo lechoso que me dejó prácticamente en la ruina.

No creo que Felicia Montealegre tuviera la culpa de que Craig y yo nunca llegáramos a ser amigos, aunque después de dos cenas no me cupo la menor duda de que no teníamos futuro. Craig era un tipo agradable, no me interpreten mal, pero tan discreto que, al conocerlo, me era imposible entender que hubiera podido entablar conversaciones imaginarias con él mientras preparaba sus recetas.

Alrededor de la misma época conocí a Lee Bailey, y creo que tengo que decir que, si aún quedaba algún rescoldo de mi interés por Craig Claiborne, se apagó definitivamente cuando conocí a Lee. Lee Bailey era amigo de mi amiga Liz Smith, y Liz creía que todos sus amigos tenían que hacerse amigos entre sí. El caso es que una noche nos invitó a cenar a casa de Lee. Lee vivía en la manzana de las calles Cuarenta Este, en un sótano, por debajo del nivel de la calle, y recuerdo bien que tenía en las paredes una especie de esterillas de paja que probablemente venían de Azuma, y que su casa era el sitio más fabuloso que había visto en la vida. Era sencillo, cómodo y bonito, aunque no lujoso; no había en él nada que pudiera llamarse arte y tampoco color. Todo era beis. Como el propio Lee dijo una vez: «Mucho cuidado con los colores».

Y se sirvió la cena. Chuletas de cerdo, sémola, berza y un plato de diminutas manzanas silvestres al horno. Fue una cena deliciosa: sin complicaciones, sencilla y honesta, y al mismo tiempo divertidísima. ¡Esas manzanas silvestres! ¡Qué maravilla! La velada me resultó humillante de principio a fin: una revelación, un reproche a todo lo que yo siempre había comprado y a todas las cenas que había ofrecido. Mi sofá era morado. En mi casa había una colección mexicana de animales de madera de colores brillantes. Tenía una vajilla roja y una alfombra de pelo largo. Mis menús eran demasiado elaborados y calculados. ¿Se le ocurriría a Lee Bailey, aunque viviese un millón de años, considerar la posibilidad de preparar el plato nacional brasileño? ¿O el pollo al limón de Lee Lum? De ninguna manera. Vi con horrible claridad que toda mi vida, hasta ese momento, había sido un error.

Pedí el divorcio inmediatamente, le dejé a mi marido todos los muebles y empecé a estudiar a Lee Bailey. Compré las sillas que él me indicó, y la mesa redonda que al parecer era parte del secreto de que las cenas de Lee fueran más divertidas que las de nadie. Cuando Lee abrió una tienda en Henri Bendel, compré una vajilla blanca, servilletas de mil rayas y una cubertería de acero inoxidable con el mango de madera, idéntica a la suya. Compré muebles nuevos, todos de color beis. Me convertí en la esclava de Lee, culinariamente hablando. Mucho antes de que empezara a escribir la serie de libros de cocina con la que se hizo tan popular, Lee ya había desbancado a todos mis amigos imaginarios en la cocina y, cada vez que preparaba una cena y algo amenazaba con torcerse, le oía decir que me tranquilizara, que no pasaba nada, que sirviera otra copa, que a nadie le importaría. Dejé de servir entrantes, como Lee, y resultó que mis invitados se comían la madera de las paredes antes de cenar, como en casa de Lee. Mediante un proceso de ósmosis, dejé de ser una neurótica con un desconcertante repertorio de platos étnicos y me transformé en una cocinera relajada y especializada en gastronomía vagamente sureña.

Lo más importante que aprendí de Lee fue lo que llamo la Regla del Cuatro. La mayoría de la gente sirve tres platos para cenar —algo de carne, algo de hidratos y algo de verdura—, mientras que Lee siempre servía cuatro. Y el cuarto siempre era una sorpresa, como esas manzanas silvestres. Un guiso a fuego lento de frijoles y peras con azúcar moreno y melaza. Melocotones con pimienta de cayena. Rodajas de tomate con miel. Galletas. Un pudin salado. Una quesada de maíz. Fuera lo que fuera, ese cuarto plato tenía un efecto casi mágico. Nunca te cansabas de la comida, porque siempre había un sabor nuevo en el plato que parecía corresponderse y contradecirse al mismo tiempo. Podías pasar de un sabor a otro; podías mezclar un poco de esto con un poco de aquello. Y siempre te quedabas con ganas de más, para pasar de nuevo de sabor en sabor. En casa de Lee Bailey podías comer eternamente. Esto era importante. Era crucial. No hay nada peor que invitar a la gente a cenar y que se lo zampen todo enseguida, porque cuando quieres darte cuenta han terminado de comer, la cena se ha acabado, no son más que las diez y todos se han marchado y te han dejado sola con los platos. (Y ese era otro detalle de las cenas de Lee: aparte de todo lo demás, había menos platos que lavar, porque nunca servía un primer plato o un plato de queso; y, si servía una ensalada, la ponía en el mismo plato, con todo lo demás.)

Y, por cierto, Lee nunca servía pescado, así que yo nunca servía pescado. Les voy a decir por qué. Comer pescado es demasiado fácil. Pim, pam, pum: se acabó el pescado y ya estás en la puerta. Cuando viene gente a cenar hay que divertirse, y la comida tiene que ser parte de la diversión. El pescado —siento decirlo pero es verdad— no es divertido. A la gente le gusta jugar con la comida, y jugar con el pescado es casi imposible. Si es imprescindible comer pescado, pídanlo en un restaurante.

Se equivocarían ustedes si pensaran que tener a Lee como amigo en la vida real hacía superfluo tenerlo como amigo imaginario. En mis conversaciones mentales con Lee —sobre qué servir o cuál sería el cuarto plato perfecto para acompañar a los otros— jamás se me ocurrió llamarlo por teléfono. Lee era demasiado tranquilo. Se habría limitado a reírse y a decir: «Lo que te apetezca, cielo». Era, a su manera, lo más parecido a un maestro zen que he tenido nunca, y todos los que caíamos bajo su influencia empezamos por copiar su estilo y acabamos desarrollando un estilo propio.

Siempre he querido, en secreto, que Lee incluyera una receta mía en alguno de sus libros de cocina —venía a cenar a casa con frecuencia y siempre elogiaba mi comida—, pero nunca me pidió ninguna receta. Hizo una foto de mi patio para un libro de cocina, y utilizó mis platos y mis servilletas para esa foto; pero como yo los había comprado en su tienda de Bendel, en realidad no cuenta.

Entretanto volví a casarme y a divorciarme otra vez. Escribí una novela sobre el final de mi matrimonio, levemente disfrazado, en la que incluí varias recetas. A esas alturas ya me había quedado claro que nadie iba a incluir mis recetas en un libro, así que tenía que hacerlo yo. Incluí la receta de frijoles con peras de Lee (por desgracia, se me olvidó el azúcar moreno, y la gente se pasó años diciéndome que había intentado prepararla y no le salía bien), además de la receta familiar de tarta de queso de nuestra cocinera, Evelyn, que estoy casi segura que era la del envase de queso Philadelphia. Una escritora de libros de cocina que reseñó la novela se quejó de que las recetas no eran demasiado originales, pero a mí me pareció que no había entendido la clave. La clave no eran las recetas. La clave (tal como yo empezaba a ver) era la combinación. La clave era que la gente se sintiera como en casa, era encontrar un estilo propio, el que fuese, y comprometerse con él. La clave era renunciar a la neurosis culinaria. La clave era encontrar el modo de que la comida encajara en tu vida.

Y, al cabo de algún tiempo, dejé de tener largas conversaciones mentales con Lee: había incorporado todas sus enseñanzas y podía seguir mi propio camino. Cuatro platos no eran suficientes; pasé a cinco, y a veces seis. Me gustaban la ensalada y el queso, así que servía ensalada y queso. Había que lavar más platos, ¿y qué? En cuanto a la decoración, dejé atrás el beis y cometí todos los errores posibles en cuestión de color.

Y, por cierto, volví a casarme. A lo largo de mi tercer matrimonio he tenido varios romances culinarios. Tuve mi etapa con Marcella Hazan, una brillante autora de libros de cocina con la que no acababa de conectar; con Martha Stewart, a quien idolatraba y con quien tenía largas conversaciones imaginarias, principalmente relacionadas con la adulación servil que me inspiraba; y el año pasado con Nigella Lawson,

que tiene un estilo culinario muy similar al mío. Dejé a Nigella cuando una de sus recetas de magdalenas resultó un desastre clamoroso, pero sigo admirando su inclinación por los productos de supermercado, su descuido en la presentación y su cariño por la cocina casera. Me gusta especialmente su rosbif, muy parecido al de mi madre, con la diferencia de que Nigella lo acompaña con pudin de Yorkshire. Mi madre no lo servía con pudin de Yorkshire, aunque en la página 61 de *The Gourmet Cookbook* viene la receta. Mi madre lo servía con tortitas de patata. Yo lo sirvo con pudin de Yorkshire *y* tortitas de patatas. ¿Por qué no? Solo se vive una vez.

Sobre el mantenimiento

Llevo semanas intentando escribir algo sobre el mantenimiento, y no ha sido fácil, por una razón muy sencilla: el mantenimiento ocupa tanto tiempo en mi vida que apenas puedo sentarme delante del ordenador.

Seguro que saben lo que es el mantenimiento. El mantenimiento es de lo que hablamos cuando decimos: «A partir de un momento dado, todo son parches, parches y más parches». Mantenimiento es lo que tienes que hacer para poder salir de casa sabiendo que, si vas al supermercado y tropiezas con un tío que te ha rechazado alguna vez, no necesitas esconderte detrás de un expositor de latas de conservas. No pretendo ser demasiado literal. Hay un par de antiguos novios con los que siempre me preocupa encontrarme, aunque no cabe la más mínima posibilidad —si alguna vez nos encontráramos— de que yo los reconociera. Además, viven en otras ciudades. Aun así, lo cierto es que me sigo acordando de ellos cada vez que tengo la tentación de salir de casa sin pintarme la raya de los ojos.

Hay dos tipos de mantenimiento, naturalmente. Está el Mantenimiento del *Statu Quo*: las cosas que hay que hacer a diario, o una vez a la semana, o una vez al mes, para seguir más o menos igual. Y está el mantenimiento mensual, o anual, o cada dos años aproximadamente, que es el que yo llamo el Patético Intento de Dar Marcha Atrás al Reloj. En esta categoría se incluyen el estiramiento facial, la liposucción, el bótox, la cirugía dental y la Extirpación de Cosas Antiestéticas, como las venas varicosas, las verrugas y esas irritantes manchitas rojas que aparecen en el torso a partir de cierta edad sin ningún motivo aparente. No voy a hablar aquí de ellas. Por ahora me ocuparé únicamente de la rutina, de las cosas que hay que hacer a diario para no parecer una persona a quien ya todo le da igual.

Pelo

Empezamos, lamento decirlo, por el pelo. Lo lamento porque la cantidad de mantenimiento que requiere el pelo es sinceramente abrumadora. A veces creo que no tener que preocuparse nunca más por el pelo es el lado bueno secreto de la muerte.

Díganme la verdad. ¿No están hartas de su pelo? ¿No se cansan de lavarlo y de secarlo? Conozco a gente que se lava el pelo todos los días, y no lo entiendo. No es necesario lavarse el pelo todos los días, como tampoco es necesario llevar al tinte unos pantalones negros cada vez que te los pones. Pero nadie me hace caso. Tengo amigas que dedican una hora al día, siete días a la semana, solo a lavarse y a secarse el pelo. Es un misterio que les quede algo de tiempo para vivir. ¡Estamos hablando de 365 horas al año! ¡Nueve semanas de trabajo! Esto quizá tuviera sentido cuando éramos jóvenes, cuando la cantidad de tiempo que dedicábamos a ponernos guapas guardaba cierta relación con la cantidad de horas de sexo (que era, en el fondo, una de las razones por las que dedicábamos tanto tiempo a arreglarnos). Pero ahora que somos mayores, ¿a quién engañamos?

Además, ¿han ido a comprar champú últimamente? Les deseo buena suerte. Buena suerte para encontrar algo con una etiqueta que diga simplemente champú. Hay champús para el pelo seco pero graso y champús para el pelo encrespado pero fino, y también hay suavizantes, alisadores y productos para dar volumen. ¿Cómo de dañado tiene que estar un pelo para considerarlo «dañado»? ¿Por qué hay champús para pelo rubio? ¿Es que se hacen mejores champús para las rubias que para el resto de nosotras? Es mareante ver un interminable lineal de productos y que ninguno sirva por sí solo.

Mi manera de plantar cara a esta confusión consiste en tomar medidas drásticas para reducir la cantidad de tiempo que dedico a mi pelo. Nunca me arreglo el pelo yo misma, si lo puedo evitar, y hago todo lo posible por huir de situaciones que me obliguen a hacerlo. De vez en cuando, una amiga rica me pregunta si me apetece hacer un viaje en barco, y solo se me ocurre pensar en el suplicio de pasar cinco días en un camarote peleándome con un secador de pelo. No pienso volver a África; la última vez que estuve, en 1972, no había secadores de pelo en la sabana, así que, por mi parte, África se acabó.

Me admiran las mujeres con cortes de pelo mágicos que apenas requieren mantenimiento. Envidio a las asiáticas, es decir: ¿han visto alguna vez a una mujer asiática con el pelo estropeado? (Seguro que no. ¿Por qué?) Una vez leí una entrevista con una actriz famosa que decía que su mayor orgullo era saber peinarse con el secador, y estuve varios días deprimida. Yo soy una inútil con el secador. Les aseguro que tengo el equipo y los productos necesarios. Tengo secadores con accesorios especiales, rulos calientes y rulos de velcro, además de gel, espuma y espray, pero cuando me peino yo, el pelo me queda horrible.

Así que dos veces a la semana voy a peinarme a la peluquería. Es mucho más barato que el psicoanálisis y mucho mejor para el ánimo. Además, lleva mucho menos tiempo que lavarse y secarse el pelo a diario, sobre todo si, como es mi caso, vives en una gran ciudad y tienes una buena peluquería a un precio razonable justo a la vuelta de la esquina. Aun así, al final del año he dedicado al menos ochenta horas a lavarme y arreglarme el pelo. Eso son dos semanas de trabajo. ¡La de cosas que podría hacer en ese tiempo! Podría estar en eBay, por ejemplo, comprando algo que resultará que vale mucho menos de lo que pujé por ello. Podría leer buenos libros. También podría leer buenos libros mientras me peinan, claro, pero no leo. Siempre me lo propongo. Siempre me llevo un libro cuando voy a la peluquería. Y al final termino leyendo las revistas de moda que andan por ahí, y me concentro sobre todo en los artículos de cosmética y cirugía. Una vez cogí un ejemplar de *Vogue* mientras me peinaban, y la broma me salió por veinte mil dólares. Pero tendrían que ver mis dientes.

Tinte

Hace muchos años, cuando Gloria Steinem cumplió los cuarenta, alguien le dijo que parecía jovencísima, y ella contestó: «Aparento cuarenta». Era una frase genial, y me gustaría haberla dicho yo. Su respuesta llevaba inevitablemente al corolario: «Los cuarenta son los nuevos treinta», lo que a su vez llevaba a muchos otros: «Los cincuenta son los nuevos cuarenta», «Los sesenta son los nuevos cincuenta», y hasta «Los restaurantes son los nuevos teatros» o «La *focaccia* es la nueva quiche», etcétera, etcétera.

A lo que voy es a que hay un motivo por el que los cuarenta, los cincuenta y los sesenta ya no son lo que eran, y no es el feminismo, ni un estilo de vida más saludable a través del ejercicio. Es el tinte del pelo; en los años cincuenta solo el siete por ciento de las mujeres americanas se teñían el pelo. Hoy, hay zonas de Manhattan o de Los Ángeles donde no se ven mujeres con el pelo gris. (Hace unos años fui una vez a Le Cirque, un restaurante muy conocido en Nueva York, a una comida en homenaje a Jean Harris —que esa misma semana acababa de salir de prisión después de doce años, por haber asesinado a su novio, un médico nutricionista—, y ella era la única en todo el restaurante que tenía el pelo gris.)

El tinte lo ha cambiado todo, aunque casi nunca se le reconoce el mérito. Es el arma más poderosa de las mujeres mayores contra la cultura de la juventud y, como efectivamente consigue parar el reloj (al menos en lo que al color del pelo se refiere), anima a las mujeres a abrirse a procedimientos más drásticos (como el estiramiento facial). Sostengo que el tinte es responsable, al menos en parte, de que muchas mujeres se incorporen al mercado laboral (y consigan mantenerse) en la mediana edad y hacia el final de la mediana edad, así como de muchas tendencias de la moda. Por ejemplo, es uno de los motivos por los que las mujeres ya no llevan sombrero, y el único por el que todo el mundo tiene un armario lleno de ropa negra. Piénsenlo. Hace cincuenta años, las mujeres de cierta edad casi nunca vestían de negro. El negro era para las viudas, sobre todo para las viudas de guerra italianas, y hasta Gloria Steinem estaría de acuerdo en que la viuda media de guerra italiana te hacía creer que los sesenta eran los nuevos setenta y cinco. Si tienes canas, el negro no solo te hace parecer mayor, sino también más triste. Sin embargo, el negro sienta de maravilla a las mujeres mayores con el pelo oscuro, tan bien que, de hecho, hasta las más jóvenes con el pelo oscuro ahora visten de negro. Hasta las rubias visten de negro. Hasta las mujeres de Los Ángeles visten de negro. Prácticamente todo el mundo viste de negro, menos las presentadoras de televisión, las senadoras de Estados Unidos y las residentes en Texas, y lo siento muchísimo por ellas. Quiero decir que el negro simplifica mucho la vida. Todo combina con el negro, sobre todo el negro.

Pero volvamos al tinte. Empecé a teñirme el pelo hará unos quince años y, durante mucho tiempo, mi peluquera me clasificó como una clienta de tinte fácil: lo que me hacía (sinceramente, no tengo la menor idea de cómo describirlo) no necesitaba decoloración, y por tanto «solo» requería noventa minutos cada seis semanas aproximadamente. Cuando me quejaba de que tardaba mucho, me decían que tenía suerte de no ser rubia. En cuestión de tinte, ser rubia es prácticamente una carrera profesional.

¡Ay, pobres rubias! Ya estaban en la peluquería cuando yo llegaba y allí seguían sentadas cuando me iba. Les dividían el cráneo en secciones y les envolvían los mechones en papel de aluminio; tenían que ponerse debajo del secador; y se quejaban amargamente de su pelo, seco, dañado y con las puntas siempre abiertas. Yo me sentía superior en todo. Por primera vez en la vida, al parecer, ser morena tenía alguna ventaja.

Un día, hará cosa de un año, mi peluquera me regaló unas cuantas mechas. Las mechas, como probablemente sepan, son breves episodios de «rubiez» salpicados por toda la cabeza. Requieren decoloración. Alargan de lo insoportable a lo insufrible la cantidad de tiempo necesaria para teñirse. Me aburrí como una ostra mientras esperaba a que se fijaran las mechas. Pasaron horas. No entendía por qué me había dejado engatusar para esa prueba gratuita. Prometí que no volvería a caer en la tentación de ponerme mechas, y mucho menos pagando. (Además del tiempo que requieren, son carísimas. Naturalmente.)

Pero las mechas —es probable que no les sorprenda— fueron un poco como el primer trago de brandy Alexander que probaba Lee Remick en *Días de vino y rosas*. Salí a la avenida Madison con cuatro mechas rubias en el pelo, casi invisibles, tan sorprendida y entusiasmada con el cambio que, sinceramente, pensé que mi marido no iba a reconocerme cuando entrara en casa. Lo que pasó es que ni se dio cuenta de que me había hecho algo. Pero daba igual; desde ese día me enganché a las mechas. El caso es que ahora tardo como mínimo tres horas en teñirme cada seis semanas y, como mi peluquera (en su mundo) es solo un poco menos famosa que Hillary Clinton, me gasto al año más de lo que me costó mi primer coche.

Uñas

Quiero hacer una pregunta: ¿Cuándo y por qué la manicura se volvió absolutamente imprescindible? No tengo la menor idea, pero quiero dejar la pregunta en el aire como recordatorio de que, justo cuando crees saber con exactitud todo lo que hay que hacer en lo que se refiere al mantenimiento, de pronto puede surgir de la nada una cosa más que te quita un montón de tiempo de vida.

Hasta los cuarenta y cinco años, nunca en la vida había pensado en mis uñas. De vez en cuando me las limaba con la única miserable lima de cartón que tenía. (Una nota al margen sobre esta cuestión: uno de los misterios más fascinantes del mundo, junto con el de los calcetines perdidos, es qué ha sido de todas las limas de la caja que has comprado con la idea de tener más que una triste y solitaria lima de cartón.) Como decía, me limaba las uñas de vez en cuando, me daba un poco de esmalte y me lanzaba al mundo. El proceso duraba unos tres minutos, dos veces al año. (Es broma, aunque por poco.) Sabía que algunas mujeres se hacían la manicura asiduamente, y en mi opinión eran personas indolentes, sin nada mejor que hacer. O tenían la falsa impresión de que era elegante llevar las uñas pintadas. Por supuesto, esas mujeres no se ganaban la vida con una máquina de escribir, que es enemiga acérrima de las uñas largas.

Y un buen día, brotaron como setas millones de salones de uñas en Manhattan. De la noche a la mañana había más salones de uñas que licorerías, mensajerías Kinko, ópticas, tintorerías o cerrajerías, y eso que en Manhattan hay tantas que no se entiende. A veces parecía que había más salones de uñas que uñas. La mayor parte de los locales los llevaban jóvenes coreanas, y todas sabían hacer una manicura eficiente y rápida, sin perder tiempo en fingir el más mínimo interés por sus clientas. Y eran baratísimas: ocho o diez dólares como máximo por una manicura normal.

Enseguida, todo el mundo empezó a hacerse manicuras. Si no te hacías la manicura (no bastaba con llevar las uñas simplemente limpias) te sentías descuidada. Pasabas vergüenza. Tenías ganas de cruzarte de brazos. El caso es que hacerse la manicura una vez a la semana se convirtió en una necesidad. Esto me lleva, por desgracia, a la pedicura.

Lo mejor de la pedicura es que la mayor parte del año, de septiembre a mayo para ser exactos, nadie más que tus seres queridos sabe si te la has hecho. Lo segundo mejor de la pedicura es que mientras te hacen los pies puedes usar las manos para leer tranquilamente, incluso para hablar por el móvil. Lo tercero mejor de la pedicura es que te quedan los pies preciosos.

Lo peor de la pedicura es que requiere demasiado tiempo y luego, cuando crees que por fin has terminado, tienes que esperar a que se sequen las uñas. Las uñas tardan en secarse tanto como se tarda en hacer la pedicura. O sea, que tienes que esperar una eternidad, y al final no aguantas un minuto más, te pones las sandalias con mucho cuidado, te vas y de camino a casa te estropeas sin remedio el esmalte del dedo gordo, y como el dedo gordo es el único en el que se fija todo el mundo, en lo que a tus pies se refiere, lo mismo habría dado no haberte hecho la pedicura.

Vello superfluo

Siento informarles de que tengo bigote. La verdad es que probablemente lo tenga desde siempre, pero ha estado como dormido durante años, o era incipiente, un aviso como el cielo nublado que amenaza lluvia. En alguna ocasión, cuando era más joven, el bigote se ponía negro y tormentoso, y en esos casos, iba a la perfumería a comprar un bote enorme de crema decolorante Jolen.

(Siempre intentaba comprar un bote pequeño de crema decolorante Jolen, pero nunca lo encontraba, por la sencilla razón de que cuesta menos que el grande.) Esta excursión a la perfumería iba seguida normalmente, casi al momento, por el descubrimiento de que aún me quedaban varios botes de crema decolorante Jolen demasiado grandes y en perfecto estado en el armario de debajo del lavabo, justo donde los había buscado —juro que los había buscado—, pero no los había visto. El caso es que la crema decolorante Jolen te deja el vello del labio superior del color exacto del pelo de Richard Gephardt, y eso es mejor que el bigote de Frida Kahlo, aunque siga siendo ligeramente más peludo de lo que te gustaría.

Luego llegó la menopausia, y con ella mi bigote cambió. Ya no estaba dormido, no era una amenaza incipiente: era bien visible. Afortunadamente, por aquel entonces yo iba a la peluquería de Nina —una rusa encantadora— en el Upper West Side de Manhattan, especializada, al parecer, en un fantástico y emocionante método de depilación con hilo que había aprendido en Rusia y, que yo sepa, es en lo único en lo que los rusos han sido capaces de superarnos en cincuenta años de guerra fría. La depilación con hilo requiere un hilo —un hilo de coser impermeable— que se retuerce y manipula como en el juego de la cuna para eliminar el vello de una manera rápida y dolorosa (aunque no tanto, tengo que reconocerlo, como, por ejemplo, el parto). El resultado dura alrededor de un mes.

La depilación con hilo me pareció durante mucho tiempo una maravilla, y tampoco añadía una carga excesiva a mi rutina de mantenimiento. Nina me peinaba dos veces a la semana, y tardaba solo otros cinco minutos en depilarme el bigote, además de diez minutos en depilarme las cejas, aunque no necesitara depilarme las cejas, porque tengo el flequillo tan largo que ni siquiera se sabría decir si tengo cejas, y mucho menos si necesitan una limpieza. Pero, ya que me hacía el bigote, Nina pensó (y yo también, la verdad sea dicha) que de paso podía hacerme también las cejas. Depilarse las cejas con hilo es mucho más caro y mucho más doloroso (aunque no tanto, tengo que reconocerlo, como el parto) y te produce unos estornudos incontrolables: un precio modesto. En realidad, lo que se paga por la depilación de cejas con hilo es un precio modesto, teniendo en cuenta la maravilla y suavidad del resultado.

Por desgracia, hace un par de años me mudé del Upper West Side al Upper East Side de Manhattan; mi bigote se vino conmigo pero dejé allí a Nina y su tentadora y cómoda cercanía. El caso es que ahora, al precio de la depilación con hilo tengo que sumarle el tiempo de viaje (y el taxi).

Por otro lado, me veo en la obligación de decir que, en cuestión de vello no deseado, ahora tardo mucho menos que antes en hacerme la cera, porque (y en esos libros tan bobos y optimistas sobre la menopausia no se habla mucho de esto) a partir de cierto momento tienes mucho menos pelo en todas partes. En la adolescencia tenía una amiga que fue la pionera en hacerse la cera: se depiló las piernas con cera por primera vez a los quince años, y esto era en 1956, cuando la cera casi no se conocía. Me aseguró que, si no empezaba a depilarme las piernas —si me empeñaba en afeitarlas como todas las demás mortales—, el vello me saldría cada vez más deprisa y al final parecería un oso. Resulta que no es verdad. Puedes afeitarte las piernas muchos años sin que se vuelvan mucho más peludas. Y luego, a partir de cierta edad, se vuelven menos peludas. Calculo que para cuando cumpla los ochenta podré quitarme el vello ofensivo de las piernas con unas pinzas y un par de tirones.

En cuanto a la depilación de lo que a mí me gusta llamar el bikini, ha pasado a ser un breve episodio de mi rutina de belleza, como dicen las revistas de moda, y gracias a mi habilidad para evitar el uso de un bañador salvo en contadas ocasiones, rara vez necesito depilarme. (En los viejos tiempos, depilarse con cera la línea del bikini no es que fuera doloroso, sino que era tan doloroso como un parto. Aguantaba el dolor gracias a los ejercicios de respiración que me enseñaron en las clases de Lamaze. Los recomiendo vivamente, aunque no para el parto, porque ahí casi no sirven de nada.) Tengo entendido que algunas chicas jóvenes se depilan el pubis entero, o se lo afeitan, como si se hicieran una poda ornamental, con forma de triángulos, corazones y cosas así. Gracias a Dios soy demasiado mayor para eso.

Hablando del dolor del parto, ya que parece que estoy hablando de eso, me gustaría añadir una breve nota marginal: ¿por qué la gente siempre dice que el dolor del parto se olvida? Yo no lo he olvidado. El parto duele. Duele una barbaridad. Que ahora mismo no me duela y no pueda simular el dolor del parto no significa que no me acuerde. Ahora mismo tampoco estoy comiendo una maravillosa tajada de pollo a la parrilla que probé una vez en Asolo, un pueblo de Italia, en 1982, pero lo recuerdo perfectamente. Estaba delicioso. Puedo describir su sabor con toda exactitud, y salvo en una ocasión en que volví al mismo restaurante, seis años después, y pedí lo mismo (asombrosamente, resultó que estaba tan delicioso como recordaba), nunca he vuelto a probar un pollo más jugoso, más sabroso y más crujiente. La canción termina, pero la melodía permanece, y eso vale también para el dolor del parto, aunque en el mal sentido.

Ejercicio

Me gustaría estar en forma. Tengo una amiga que se levanta todos los días a las cinco de la mañana y hace prácticamente un triatlón. No exagero. Es la Mujer de Hierro. Levanta pesas. Corre maratones.

Pasa horas montando en bici. El pasado verano fue a clases de natación y una semana después ya estaba planeando rodear a nado la isla de Manhattan. Hace un par de veranos yo también decidí hacer más natación, y al cabo de una semana tenía oído de nadador. ¿Les ha pasado alguna vez? Es una tortura. Notas el agua en el oído, como un sonajero, y te pica tanto que te despierta a media noche, y no puedes hacer absolutamente nada más que meterte el dedo hasta el bulbo raquídeo. Mi teoría es que Van Gogh se cortó la oreja porque cometió el error de aficionarse a la natación.

El caso es que me gustaría estar en forma. Sí. Pero cada vez que intento ponerme en forma algo se tuerce y me lo impide. Para mayor claridad: cada vez que intento ponerme en forma me lesiono.

El ejercicio, como sin duda saben, es un recién llegado en la historia de la civilización. Hasta 1910, la gente hacía ejercicio a todas horas sin pensar que estaba haciendo ejercicio: simplemente la vida era así. Había que desplazarse de un sitio a otro, normalmente andando, y recoger la cosecha, ir a la guerra y esas cosas. Entonces se inventó el automóvil (por no hablar del tanque Sherman) y esto condujo a lo que tenemos hoy: un país lleno de gente sedentaria (y a menudo con sobrepeso) y un universo paralelo de gente que hace un exceso de ejercicio (pero no necesariamente está delgada). Yo misma oscilo entre estos dos universos. Paso tiempo poniéndome en forma, hasta que me lesiono algo y necesito un tiempo de recuperación sin estar en forma; luego me recupero y me pongo en forma; luego me lesiono otra cosa. Hasta ahora, en el capítulo de lesiones, he conseguido lo siguiente: un tirón en las lumbares por hacer sentadillas; una dislocación de la cadera derecha por correr en la cinta; una periostitis tibial por salir a correr; y casi me destrozo completamente el cuello solo por dar vueltas en la cama. Hace unos años, en una fase delirante de compromiso con el ejercicio, me enviaron una cinta de la película *Chicago* y cometí el error de confundirla con un vídeo de ejercicios. Fue, sin lugar a dudas, el mejor vídeo de ejercicios que he visto nunca. Por primera vez en mi vida de deportista no me aburría. Podía ser Catherine Zeta-Jones y después podía ser Renée Zellweger. Me ponía a dar saltos por casa agitando mis pesas de dos kilos y medio a la vez que cantaba *All That Jazz*. Nunca me he divertido tanto haciendo ejercicio. Pero, a las tres semanas, un día me desperté con un dolor atroz y vi que no podía mover los brazos. Después de gastarme millones en facturas médicas resultó que tenía no uno, sino los dos hombros congelados, por culpa (claro está) de levantar demasiado peso durante demasiado tiempo. Esos hombros congelados tardaron dos años en derretirse y entretanto tuve que renunciar a la posibilidad de rascarme la espalda (o de subir la cremallera de un vestido). (No es que lleve vestidos, pero si los llevara...) Ahora he vuelto a hacer ejercicio. Tengo un entrenador. Tengo mi cinta para correr. Tengo una tele encima de la cinta. Hago ejercicio casi cuatro horas a la semana, y preferiría estar en Filadelfia (aunque no de parto).

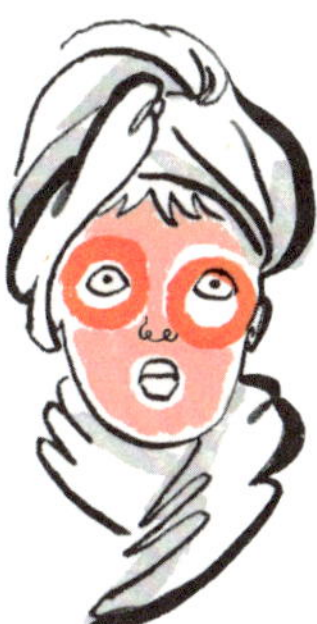

Piel

En mi cuarto de baño hay muchos frascos. También hay muchos tarros. La mayoría de estos frascos y tarros son productos para la piel, aunque ninguno lleva simplemente algo que se llame «crema para la piel». En su lugar contienen crema facial o loción de manos o loción corporal o crema de pies. ¿Se acuerdan de cuando éramos jóvenes? Solo existía la crema Nivea. La vida era muy sencilla. En el fondo sé que todas las etiquetas de estos frascos y tarros son una fantasía, que son engañosas y están pensadas para que mujeres patéticas y vulnerables como yo gasten cantidades astronómicas en productos inútiles; por otro lado, nunca me verán poniéndome crema de pies en la cara, por si acaso.

Aquí, por ejemplo, al lado del lavabo, tengo un frasco de StriVectin-SD. Por espacio de cinco minutos exactos, en el año 2004, se creyó que StriVectin-SD era la Fuente de la Juventud. Al final resultó ser simplemente una loción que costaba un dineral. Pero hasta entonces, por un instante breve y luminoso, creí que era la solución a todo. La mujer que me lo vendió en la sección de cosmética actuaba como si me estuviera entregando clandestinamente una botella de whisky añejo en los tiempos de la Ley Seca. «Acaba de llegar», me susurró. Estaba en el sótano. No podían dejarlo a la vista, porque habría desaparecido en un abrir y cerrar de ojos. Solo se permitía comprarlo a determinadas clientas.

Ahora está en la repisa del lavabo, ocupando espacio, junto con otras pruebas similares de mi ingenuidad: reliquias de los años del retinol, los del ácido glicólico y los de La Prairie. Una buena amiga me regaló una vez un tarrito de crema La Mer, que creo que costaba unos cien dólares la cantidad equivalente a una cucharadita de té. Todavía lo tengo, porque es demasiado valioso para gastarlo.

El caso es que tengo crema para la cara. Tengo lociones para los brazos y las piernas. Tengo aceite de baño. Tengo vaselina para los pies. Ni sé la cantidad de tiempo que me paso frotándome con estos productos hidratantes. Pero aun así me siguen saliendo espinillas en la cara y manchas rojas en los brazos y las piernas. Además, tengo la piel de la espalda tan seca que cuando me quito un jersey negro parece que estuviera cubierto de copos de nieve, y la piel de los talones tiene la misma textura que un estropajo.

Seguro que he omitido algo relacionado con el mantenimiento. El mundo del mantenimiento cambia cada segundo, y puede que no esté al tanto de la cantidad de cosas que llegan a hacer las mujeres de mi edad. (El otro día, sin ir más lejos, comí con una amiga que me aseguró que no podría decir que había vivido hasta que me hubiera hecho cierto tratamiento facial que, por lo visto, consistía en un electroshock suave.)

Lo que sé es que paso una barbaridad de tiempo con el dedo dentro de un tarro, y eso ni de lejos incluye todas las cosas que prometí no hacer nunca: las cosas patéticas. He hecho varias cosas que casi se acercan a la cirugía plástica. Hasta he cambiado todos los empastes de los dientes por un material blanco, y juro por Dios que me quité seis meses de encima. De vez en cuando, mi dermatólogo me inyecta en la barbilla con una jeringuilla hipodérmica un producto que se llama Restylane, para rellenar las zonas fofas. Me he dado bótox dos veces, en una arruga de la frente. Una vez hasta me inflé los labios con una inyección de grasa, pero parecía una indígena ubangi y no he vuelto a repetir.

El otro día, en la calle, pasé al lado de una mujer sin techo. Nunca había entendido a las feministas que se empeñaban en decir que les daba pánico convertirse en mendigas, pero al ver cómo se arrastraba esta mujer, cargada de bolsas de plástico, por fin comprendí al menos mi versión del concepto. No pretendo ponerme melodramática; nunca seré una mujer sin techo. Aunque estoy a solo ocho horas a la semana de parecerme exactamente a esa mujer que vi en la calle: con el pelo gris, fosco y despeinado que probablemente tendría si dejara de teñirme; con una barriga que sin duda desarrollaría si comiera solo la mitad de lo que me apetece comer a diario; con las uñas sucias, los labios agrietados y las cejas y el bigote tupidos que serían mi destino si alguna vez pasara dos semanas en una isla desierta. Ocho horas a la semana… y el contador va cada vez más deprisa. Cuando llegue a los setenta, seguro que necesitaré como mínimo el doble de tiempo. Mi único consuelo en todo esto es que cuando sea demasiado mayor para trabajar al menos tendré algo que hacer. Suponiendo, claro, que para entonces no me haya arruinado.

Ciega como un topo

No puedo leer ni una palabra en el mapa. Sé que vamos hacia el norte por la Ruta 110, porque acabamos de pasar por delante de un gran cartel que lo indicaba. Al parecer estamos en Fort Salonga. Estoy segura de que Fort Salonga viene en el mapa, pero como no encuentro las gafas no puedo leer el mapa. Una de las cosas más bonitas de leer un mapa, lo que antes podía hacer sin gafas, es que si consigues encontrarte en el mapa nunca estás del todo perdida. Pero esos tiempos han quedado atrás; estamos perdidos. Nos da mucha rabia perdernos. Me la da a mí, se la da a él y se la da a nuestro matrimonio. Por otro lado, lo reconozco, nos vamos acostumbrando. Y, como es culpa mía (no de mi marido) que no encuentre las gafas de lectura, aunque es culpa suya (no mía) que no haya una lupa en la guantera, digo tonterías como «Bueno, por lo menos vamos bien encaminados». Mi marido también dice tonterías como «Bueno, nunca hemos venido por aquí y a lo mejor es interesante». Y tiene razón. A lo mejor es interesante. Pero resulta que todo está oscuro y lo único que veo con claridad es un cartel que indica que vamos hacia el norte por la Ruta 110 y estamos en Fort Salonga. A saber dónde.

Tampoco veo nada en la guía telefónica. Cuando era joven y trabajaba de reportera, siempre empezaba por mirar la guía. Les sorprendería la cantidad de gente que aparece en la guía, a la espera de que alguien la encuentre. Más adelante intenté enseñarles esto a mis hijos, pero no me hacían ni caso. Me sacaban de quicio. Se creían que la llamada al Servicio de Información era gratuita, y encima siempre pulsaban el «1» para que los conectaran directamente, con un cargo adicional de treinta y cinco centavos. Esto me sacaba aún más de quicio. Ahora que no veo la letra pequeña de la guía telefónica no me queda más remedio que llamar al Servicio de Información. Hablo con una grabación. Echo de menos mi relación con la guía telefónica. Echo de menos lo que representaba. Autonomía. Democracia. La certeza de que era posible encontrar lo que buscabas en unas páginas a las que todo el mundo tenía acceso. Solo de pensarlo me entra nostalgia de aquel mundo en el que todos —o casi todos— aparecían en la guía, y además, yo encontraba a la gente sin ayuda de una grabación incorpórea que no me entiende ni una palabra.

No veo nada en la carta del restaurante. No veo nada en las listas de programas de televisión semanales. No veo nada en el libro de cocina. No puedo hacer el autodefinido. No veo ni una palabra en ninguna parte a menos que esté escrita en una letra enorme, cuanto más grande mejor. El otro día, en el ordenador, encontré algo que escribí hace tres años, con una letra tan pequeña que me parecía imposible. Antes escribía con cuerpo doce; ahora uso el dieciséis y creo que voy a pasar al dieciocho, incluso al veinte. Todo esto me da muchísima pena. Sobre todo me da pena la lectura. Cuando paso por delante de una estantería, me gusta coger un libro y hojearlo. Cuando veo un periódico en el sofá, me gusta sentarme con él. Cuando llega el correo, me gusta abrirlo. Leer es una de mis actividades principales. Leer lo es todo. Leer me hace sentir que he llegado a algo, que he aprendido algo, que soy mejor persona. Leer me hace más lista. Leer me da algo de lo que hablar más adelante. Leer es una medicación sanísima para mi trastorno por déficit de atención. Leer es evasión y lo contrario de la evasión; es una forma de establecer contacto con la realidad después de pasar el día inventando cosas, y es una forma de establecer contacto con la imaginación de otra persona después de un día demasiado prosaico. Leer es nutritivo. Leer es una gozada. Pero mi capacidad de coger un libro y leer —en la que nunca me había fijado hasta ahora— depende enteramente del paradero de mis gafas. Las busco con la mirada. ¿Por qué no están en esta habitación? Compré seis pares de oferta la semana pasada y los distribuí por toda la casa, pero no hay ninguno a la vista. ¿Dónde están?

Me repatea necesitar gafas para leer. Me repatea no ver ni una palabra sin ellas en el mapa, en la guía telefónica, en la carta del restaurante, en el libro o donde sea. ¡Y el frasco de las pastillas! Me había olvidado del frasco de las pastillas. No veo ni una palabra en el frasco. ¿Dice que hay que tomar dos cada cuatro horas o cuatro cada dos horas? ¿Dice que la fecha de caducidad es 12/08/07, o han caducado? Punto. Se acabó. No tengo ni idea de lo que dice, y esto es grave. Podría morirme si no puedo leer la etiqueta del frasco de las pastillas. En realidad, la etiqueta del frasco es tan pequeña que dudo de que alguien pueda leerla. No estoy segura de que hubiera podido leerla cuando no necesitaba gafas para leer. Aunque ¿quién se acuerda?

Primera fase: cuando nace el hijo

Quiero empezar diciendo que cuando di a luz a mis hijos, cosa de la que no hace tanto tiempo, no existía la crianza tal como hoy la conocemos. Había madres y padres, naturalmente (y había maneras de ser madres y padres), pero el concepto de crianza aún estaba en sus primeras fases, si es que existía.

Veamos qué es una madre o un padre: es una persona que tiene hijos. Veamos en qué consiste ser madre o padre: querer a tus hijos, pasar ratos con ellos de vez en cuando, jugar a la pelota, leer cuentos, asegurarse de que saben cuál es el tenedor de la ensalada, enseñarles a decir por favor y gracias, ocuparse de cortarles el pelo cada cierto tiempo y preguntarles si han hecho los deberes. De vez en cuando, salen de tus labios (porque tus padres te las decían a ti) frases que nunca esperabas decir. Frases como:

¿TIENES IDEA DE LO QUE CUESTA?

PORQUE LO DIGO YO. POR ESO.

HE DICHO AHORA. PARA AHORA MISMO.

VETE A TU CUARTO.

ME TRAE SIN CUIDADO LO QUE A JESSICA LE DEJE HACER SU MADRE.

¿UNA TIARA? ¿QUIERES UNA TIARA?

En los tiempos en los que solo había madres y padres, en lugar de gente comprometida con la crianza, las cosas eran bastante sencillas. No hacían falta libros; si tenías alguno era el del doctor Spock, un pediatra, y rara vez lo leías a menos que tus hijos tuvieran cuarenta de fiebre, o anginas, o las dos cosas. Entendías que tus hijos tenían personalidad. La suya propia. Que habían nacido con ella. Que durante algún tiempo vivirían contigo y con tu personalidad, y que tanto ellos como tú haríais lo posible por sobrevivir a la convivencia.

«En realidad no cambian nunca», decía la gente (por aquel entonces) cuando hablaba de niños. Cuando tenías el primer hijo, esta idea resultaba algo desconcertante. ¿Qué le pasaba al niño exactamente para no cambiar nunca? Al fin y al cabo, es dificilísimo saber cuál es exactamente la personalidad del niño cuando es muy pequeño. (Empleo la palabra *personalidad* en su sentido más amplio.) Ahora bien, con el tiempo, el niño en cuestión empieza a manifestar su personalidad, y ciertamente, curiosamente, esa personalidad ya no cambia. Por ejemplo, cuando la policía viene a informarte de que tu hijo de ocho años acaba de lanzar una docena de huevos desde el quinto piso a la avenida del West End, es inevitable que te acuerdes de cuando era un bebé de catorce meses que tiraba las judías verdes de la trona al suelo y se tronchaba de risa.

En aquella época —y de nuevo permítanme señalar que no hablo del siglo XIX, sino de hace solo unos años— nadie creía posible convertir a un niño en un ser humano distinto del que era desde el principio. T. Berry Brazelton, el pediatra que reemplazó a Spock en la década de 1980, era discípulo de Piaget, y en sus libros los niños se dividían en tres tipos: activos, tranquilos o una cosa intermedia. Nunca insinuó que un niño tranquilo pudiera volverse activo o viceversa. Tu hijo era tu hijo y, si te dejaba hecha polvo, te dejaba hecha polvo; y si se quedaba en la cuna feliz, mirando un móvil, eso era más o menos todo lo que podías esperar.

Todo esto cambió más o menos cuando yo tuve a mis hijos. Se puede echar la culpa al feminismo: uno de los fundamentos del feminismo era que, como muchas mujeres empezaban a incorporarse al mercado laboral, hombres y mujeres tenían que compartir la crianza de los hijos; de ahí el término neutro de crianza, en lugar de maternidad, y la necesidad de elevar el cuidado de los hijos a algo más que la cantidad de horas que exige. Por el contrario, se puede echar la culpa a la violenta reacción contra el feminismo: a muchas mujeres no les apetecía incorporarse al mercado laboral (ni siquiera compartir con sus maridos el cuidado de los hijos), pero se sentían culpables y se vieron obligadas a convertir el cuidado de los hijos a tiempo completo en un sacramento.

El caso es que un buen día, de repente, surgió esto que se llama crianza. La crianza era una cosa seria. La crianza era una pasión. La crianza era solemne. Criar era un verbo de acción, como ir, hacer, luchar o preocuparse; era una cosa activa, enérgica, implacable. La crianza consistía en poner cedés de Mozart durante el embarazo, prescindir de la epidural y dar el pecho al niño hasta que tuviera edad suficiente para desabrocharte la blusa. La crianza partía de la creencia en que el niño era un trozo de arcilla modelable (con arduo esfuerzo, estímulo y refuerzo positivo) al que podías convertir en una persona perfecta que algún día sería admitida en la universidad de tu elección. Criar a un hijo no era solo cuidarlo sino transformarlo, cebarlo a la fuerza como el hígado de un pato, alterarlo, modificarlo, modularlo, manipularlo, suavizarlo, mejorarlo. (Es interesante señalar que esta cultura llegó a creer en la perfectibilidad del niño tanto como en la teoría contraria de que prácticamente todo en la naturaleza humana era genético, lo que viene a demostrar que quien dijo que la capacidad de defender simultáneamente dos ideas contradictorias era una señal de inteligencia no sabía lo que decía.)

Y, por cierto, para alcanzar ese efecto transformador que era el objetivo de la crianza, había que recurrir a profesionales de todo tipo: encantadores de bebés, consejeros del sueño, loqueros, terapeutas del aprendizaje, terapeutas de familia, logopedas, tutores y, en caso necesario, medicación para la alteración de la conducta que, casualidad o no, se inventó casi en el mismo momento en que surgió la crianza.

La crianza llevaba implícita la idea de que cualquier momento es tiempo de calidad cuando la madre o el padre están presentes. En consecuencia, había que estar presente en la mayor parte de las actividades cotidianas: vigilar, animar y, llegado el caso, aconsejar, aunque esto significara quedarse sin fin de semana, hacer un viaje de tres horas y veinte minutos de ida más otras tantas de vuelta, y esperar entretanto sentada en el vestuario, oscuro y asfixiante, del gimnasio donde tu querido hijo o tu querida hija va a sufrir una humillante derrota en un torneo de ajedrez al que no puedes asistir como observadora, porque tu mera presencia en la sala sería un elemento de presión injusto para él o para ella. (La disponibilidad de los padres para estar presentes en cualquier sitio y a cualquier hora tuvo el interesante efecto secundario de que los colegios delegaran en los padres la supervisión de todo tipo de actividades que antes eran tarea de profesionales especializados.)

La crianza significaba que, tanto si tus hijos te entendían como si no, tu obligación era entenderlos a ellos;

la comprensión era la clave de todo. Si tus hijos creían que los entendías, o al menos intentabas entenderlos, no te odiarían al llegar a la adolescencia; es más, crecerían y se convertirían en adultos felices y bien adaptados que nunca necesitarían tirar el dinero (seguramente el tuyo) en psicoanálisis, o en la moda de turno que hubiera pasado a ocupar su lugar en el campo del crecimiento personal.

La crianza empleaba un lenguaje totalmente distinto de la simple educación, un lenguaje que nadie escribiría con mayúsculas para dejar claro que ha dicho algo impulsivamente o con rabia. La cosa era más o menos así:

Seguro que no querías romper el jarrón antiguo de mamá, cariño.

Deberíamos hablar de esto.

Comprendo lo frustrada y enfadada que te sientes ahora mismo.

¿Por qué no vas a tu cuarto, descansas un poco y vuelves cuando te encuentres mejor?

Si quieres, llamo a la madre de Jessica para que me explique su razonamiento.

Si terminas los deberes, hablaremos de la tiara.

Segunda fase: la adolescencia

La adolescencia es un golpe brutal para los padres modernos, en gran medida porque se parece mucho a la tuya. Tu adolescente es hostil. Tu adolescente está enfadado. Tu adolescente tiene mala intención. De hecho, tu adolescente te trata mal.

Tu adolescente dice palabras que a ti no te permitían decir a su edad, y que no habías oído hasta que leíste *El guardián entre el centeno*. Tu adolescente probablemente fuma marihuana, como es posible que tú también fumaras, pero al menos no antes de cumplir los dieciocho. No cabe duda de que tu adolescente tiene relaciones sexuales impropias de su edad y sin sentido, cosa que tú no hiciste hasta cumplir los veinte, si acaso. Tu adolescente se avergüenza de ti y va siempre diez pasos por delante, para que nadie piense que os conocéis de algo. Tu adolescente es desagradecido. Recuerdas vagamente que tus padres te acusaban de ser desagradecida, pero ¿por qué tenías que darles las gracias? Por casi nada. Tus padres no se tomaban en serio la crianza. Simplemente eran padres. Y al menos uno de los dos bebía como una esponja. Tú, en cambio, eres ejemplar. Has dedicado años a que tus hijos sepan que te preocupas por todas y cada una de las emociones que hayan sentido en algún momento. Has llenado de actividades culturales hasta el último segundo de su vida. Jamás les has oído decir «Me aburro», porque no han tenido tiempo de aburrirse. Les has dado todo lo que podías: todo y más, si cuentas las zapatillas. Los quieres con locura, mucho más de lo que tus padres te querían a ti. Y a pesar de todo, han acabado siendo exactamente igual que todos los adolescentes. Solo que peor. ¿Cómo es posible? ¿Qué has hecho mal?

Además, gracias a los modernos avances en nutrición, tu adolescente es alto, probablemente más que tú. La paga semanal de tu adolescente equivale al producto interior bruto de Burkina Faso, un pequeño país africano arrasado por la pobreza del que ni tu adolescente ni tú habíais oído hablar hasta hace muy poco, cuando estuvisteis varios días investigando para un trabajo de ciencias sociales.

Tu adolescente ha cambiado, pero en absoluto tal como esperabas en el momento en que empezaste a modelarlo. Y tú también has cambiado. Si antes eras una mujer moderadamente neurótica y bastante alegre, ahora eres una persona desastrosa, irritable, gruñona y maltratada.

Pero no se preocupen. Tienen dónde acudir en busca de ayuda. Pueden ir a todos los terapeutas y consejeros a los que consultaron en los años anteriores a la ado-lescencia de sus hijos, los terapeutas y consejeros que han podido llevar a sus hijos a la universidad, y hasta pagarles un máster, gracias a la confianza permanente que ustedes han depositado en ellos.

Esto es lo que les dirán:

- La adolescencia es de los adolescentes, no de los padres.
- Se inventó para ayudar a los hijos apegados —o apegados en exceso— a separarse y prepararse para el momento inevitable en que dejarán el nido.
- Hay algunas cosas que ustedes pueden hacer para que la vida les resulte algo más llevadera.

Este consejo les costará cientos o miles de dólares, dependiendo de si viven en una ciudad grande o en una pequeña. Y es totalmente falso:

- La adolescencia es de los padres, no de los adolescentes.
- Se inventó para ayudar a los padres apegados —o apegados en exceso— a separarse y prepararse para el momento inevitable en que sus hijos dejarán el nido.
- Ustedes no pueden hacer casi nada para que la vida les resulte algo más llevadera, salvo esperar hasta que todo pase.

Por cierto, hay un viejo chiste que probablemente se inventó alguien con hijos adolescentes. A mí no se me dan bien los chistes. Y aunque así fuera, seguirían sin captar lo bueno que es el chiste, porque dura una eternidad y hay que contarlo con ese acento yidis que se pone para contar chistes de rabinos. El caso es que una pareja va a ver a un rabino. «¿En qué puedo ayudarles?», pregunta el rabino. «Tenemos un problema enorme, rabino —dice la pareja—. Tenemos cinco hijos, vivimos en una casa de una habitación y nos estamos volviendo todos locos.» El rabino contesta: «Metan en casa un cordero». Y la pareja mete en casa un cordero. Una semana más tarde vuelven a ver al rabino y le dicen que las cosas están peor que antes, y encima hay un cordero. «Metan en casa una vaca», dice el rabino. La semana siguiente vuelven a quejarse, porque las cosas están mucho peor desde que hay una vaca. «Metan en casa un caballo», dice el rabino. La semana siguiente la pareja vuelve a ver al rabino para decirle que las cosas están peor que nunca. «Ya han encontrado la solución —dice el rabino—. Saquen a los animales.»

Tercera fase: el hijo se va

¡Ay, el drama del nido vacío! La ansiedad. El temor. ¿Cómo será la vida? ¿Habrá algo de que hablar cuando los hijos se hayan ido? ¿Habrá vida sexual ahora que la presencia de los hijos ya no es una excusa para que no la haya?

El día llega por fin. El hijo se va a la universidad. Una espera verse invadida por la melancolía. Pero antes de esta invasión —antes de que tenga siquiera tiempo de invadirla— ocurre algo inesperado: el hijo vuelve a casa. Parece que el curso académico en la universidad estadounidense consiste en una serie de breves episodios de asistencia a clase interrumpidos por largas vacaciones. Las vacaciones no se llaman «vacaciones», se llaman «descansos» o «períodos de estudio». En algunas universidades tienen descansos incluso en octubre. ¿Quién ha oído hablar de un descanso en octubre? Calculando el gasto de manutención por día, su hijo podría alojarse todo el curso en un buen hotel de París por el mismo precio.

El caso es que así pasan volando cuatro años. Los hijos se van. Los hijos vuelven. El precio de la matrícula aumenta.

La universidad por fin termina y los hijos se van para siempre.

El nido está definitivamente vacío.

Los padres siguen siendo padres, pero su misión ha terminado.

¿Y ahora qué?

Seguro que hay algo que hacer.

Pero no lo hay.

No hay nada que hacer.

Créanme.

Si sienten nostalgia de la frenética actividad cotidiana que exige la crianza moderna, hay una solución: tengan un perro. No se lo recomiendo, porque los perros exigen un compromiso tremendo, aunque es verdad que dan algo que hacer. Además, son encantadores y, lo que es más importante, acríticos. Y se les puede educar.

Aunque esto es casi lo único que se puede hacer.

Por otro lado, ahora tendrán ustedes una habitación libre. La habitación de su hijo. Bajo ningún concepto dejen la habitación de su hijo tal como está. La habitación de su hijo no es un templo. No es una pieza de museo. Conviértanla en cuarto de estar, en gimnasio, en habitación de invitados o (si ya tienen las tres cosas) en un cuarto para envolver los regalos de Navidad. Háganlo cuanto antes. Dejar intacta la habitación de su hijo puede animarlo a volver a casa. Y usted no quiere.

A todo esto, sus hijos vienen de visita de vez en cuando. Se han convertido, asombrosamente, en personas encantadoras. Les parece a ustedes increíble tener la suerte de conocerlos. Les hacen reír. Les producen orgullo. Los quieren con locura. Sus hijos han sobrevivido a pesar de ustedes. Ustedes han sobrevivido a pesar de ellos. Tal vez piensen que, en realidad, han pasado horas, días, meses y años sin tocarlos, pero no le den más vueltas. Es inútil. Se acabó.

Todo menos la preocupación.

La preocupación es para siempre.

Pasar página

En febrero de 1980, dos meses después de que naciera mi segundo hijo y terminara mi matrimonio, me enamoré. Estaba buscando casa, y una tarde, con solo dar diez pasos para entrar en un piso del Upper West Side de Manhattan, se me paró el corazón. Todo patas arriba. Era justo lo que quería. Fue amor a primera vista. Eureka. Diez pasos, y dije: «Me lo quedo».

El piso era enorme. Estaba en la quinta planta del edificio Apthorp, un famoso monolito de piedra en la esquina de Broadway con la calle Setenta y nueve. El alquiler costaba mil quinientos dólares al mes, y ese precio, para Manhattan, era prácticamente una ganga. Créanme, lo era. Aparte, tenía que pagar un depósito de veinticuatro mil dólares para entrar en el piso. No tenía veinticuatro mil dólares. Fui a un banco y pedí un préstamo. En el edificio nadie entendía que pagara tanto dinero de fianza por un apartamento de alquiler; era una cantidad astronómica. Las habitaciones eran preciosas, casi todas pintadas de color amarillo taxi (eso tenía fácil remedio); los techos altos; mucha luz; dos chimeneas divinas (que no funcionaban); y cinco, echen cuentas, cinco dormitorios. Pensé que, si vivía allí veinticuatro años, amortizaría la fianza a razón de mil dólares al año, lo que equivalía a un mínimo sobrecargo de solo 2,74 dólares al día, o sea, menos de lo que cuesta un capuchino en Starbucks. Aunque entonces no existía Starbucks. Y yo tampoco planeaba vivir veinticuatro años en el Apthorp. Mi plan era vivir allí para siempre. Hasta que la muerte nos separara. En tal caso, probablemente lo amortizaría incluso por menos. Esos fueron mis cálculos. (Tengo que decir que normalmente no empleo la palabra «amortizar» salvo para aclarar que algo que en realidad no me puedo permitir no es que sea una ganga, sino que sale casi gratis. El cálculo consiste en dividir el precio del producto por el número de años que preveo utilizarlo o, si esto no sirve, por el número de días, horas o minutos, hasta que obtengo una cantidad inferior al precio de un capuchino.)

Pero olvidémonos del dinero. Esto no va de dinero. Esto es una historia de amor. Y todas las historias de amor empiezan con cierta dosis de racionalización.

Nunca había planeado vivir en el Upper West Side, sin embargo, al cabo de unas pocas semanas no podía imaginarme la vida en otra parte y, como es propio de mí, empecé a hacer del barrio una religión. Puede que lo hiciera porque no había otra religión en mi vida, pero da igual. Estaba a una manzana de H&H Bagels y de Zabar's. Estaba a media manzana de la estación del metro. En la acera de enfrente había un quiosco de prensa que no cerraba en toda la noche. En la siguiente esquina estaba La Caridad, el mejor restaurante chino-cubano del mundo, o eso les decía a mis amigos, y también de esto hice una religión.

De todos modos, mi verdadera fe religiosa se centraba en el Apthorp. Creía sinceramente que, en el peor momento de mi vida adulta, un edificio me había salvado. Vale, me estoy poniendo melodramática, pero es lo que creía. Un año antes me había mudado de Nueva York a Washington D. C., sinceramente convencida de que me iba para siempre. Procuré que me hiciera ilusión, aunque la realidad me aplastaba. Miraba por la ventana de mi apartamento de Washington, que tenía unas vistas impresionantes a los leones del Zoo Nacional. ¡Los leones del Zoo Nacional! ¡Ah, las metáforas de cautividad que me venían a la cabeza! Los leones vivían en un espacio amplio y cómodo, como yo, y tenían comida en abundancia, como yo. Pero ¿eran felices? Etcétera, etcétera. En otros momentos resonaba en mi cabeza un antiguo anuncio de Clairol: «Si solo tengo una vida que vivir, dejadme vivirla siendo rubia», aunque mi versión del anuncio no tenía nada que ver con el color del pelo. Si solo tengo una vida que vivir, pensaba, compadeciéndome de mí misma, ¿por qué tengo que vivirla aquí? Y entonces, claro, me acordaba de por qué: me había casado, mi marido vivía en Washington, estaba enamorada de él y teníamos un hijo y otro en camino.

Cuando mi matrimonio se acabó, comprendí que nunca tendría que volver a preocuparme de si en el barrio marginal donde vivíamos abrirían alguna vez una

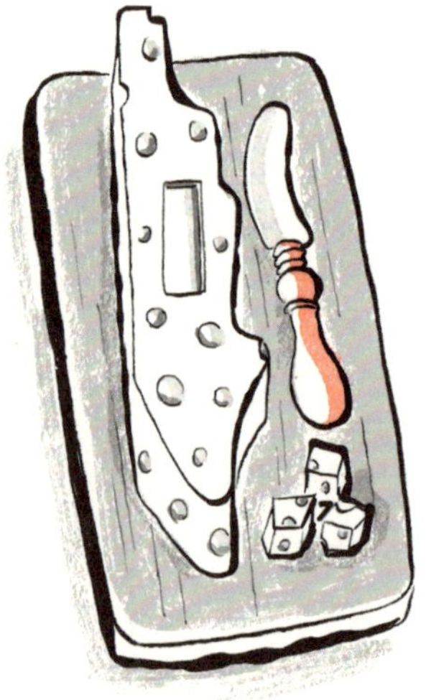

tienda de quesos. Era libre, podía volver a Nueva York, que no era solo la Gran Manzana sino la Central de los Quesos. Por otro lado, no tenía la más mínima esperanza de encontrar una vivienda en alquiler con espacio suficiente para todos a un precio que estuviera a mi alcance.

Cuando alguien deja su casa en Nueva York y se muda a otra ciudad, Nueva York se convierte en lo peor de sí misma. Una vez, un conocido mío tuvo la inteligencia de decir que eso de «Es un sitio bonito para ir de visita, pero nunca viviría allí» es completamente falso en el caso de Nueva York; lo cierto es lo contrario. Nueva York es una ciudad muy vivible. Pero cuando te mudas y vas de visita, parece que la ciudad se vuelve contra ti. Resulta mucho más cara (porque tienes que pagar el alojamiento y comer fuera) y mucho más hostil. En Nueva York las cosas cambian; cambian continuamente. Cuando vives aquí no te molesta; cuando vives aquí, el cambio forma parte del idilio con cafeína de esta ciudad que nunca duerme. Pero cuando te vas, vives el cambio como una traición. Echas a andar por la Tercera Avenida, con idea de comprar un brownie en una panadería a la que siempre has sido fiel, y la panadería ha desaparecido. Quien llevaba tu tintorería se ha mudado a Florida; tu dentista se jubila; la señora que hacía las tartas en la calle Cuatro Oeste se ha esfumado; el *maître* de P. J. Clarke deja el empleo, y te das cuenta de que tienes que empezar desde cero y abrirte camino a base de propinas para llegar al corazón de la joven fría y chic que ahora te recibe en la puerta. Te das media vuelta un momento y todo cambia de repente. Eras neoyorquina, eras nativa, te movías en metro, dabas propinas para conseguir las cosas buenas, y de la noche a la mañana no eres más que una de tantos viajeros frecuentes, atrapada en un taxi, en la Avenida de Grand Central, yendo y viniendo del aeropuerto de La Guardia. Mientras, lees que los alquileres en Manhattan están subiendo, mucho, que están llegando a la estratosfera. Tienes la sensación de que en cuanto te fuiste de la ciudad levantaron un muro alrededor y ya nunca podrás saltarlo. Encontrar ese piso en el Apthorp parecía un milagro urbano. Era un puerto seguro, y la arquitectura del edificio contribuía a la ilusión.

El Apthorp, construido en 1908 por la familia Astor, ocupa toda una manzana. Visto desde la calle tiene un aire lumpen, centroeuropeo y compacto como un barco cisterna, pero en el centro hay un patio grande, con dos maravillosas fuentes de mármol y un jardín delicioso. Al entrar en el patio, la ciudad desaparece; te sientes abrazada por un jardín protegido y precioso. Hay bancos de piedra donde puedes sentarte por las tardes mientras tus hijos corretean alegremente, montan en bici, se pelean y están a punto de caerse en la fuente y ahogarse. En primavera hay tulipanes y azaleas; en verano hay hostas azules y hortensias.

La mayoría de la gente que no vive en Nueva York no sabe que los neoyorquinos tienen la misma sensación de barrio que supuestamente se tiene en cualquier ciudad pequeña de Estados Unidos; en el Apthorp, esta sensación se acrecienta gracias a que el jardín ofrece a los vecinos abundantes ocasiones de encontrarse y, con el tiempo, llamarse por su nombre de pila. En Halloween, los que teníamos niños pequeños convertíamos las farolas del jardín en una fantasía de fantasmas con cabezas de calabaza; en diciembre, los dueños del edificio levantaban una especie de menorá eléctrico que convivía con el árbol de Navidad lleno de lucecitas.

Resultó que en el edificio vivían varios conocidos míos, y algunos llegaron a ser buenos amigos, en parte porque éramos vecinos. El hombre con el que salía por aquel entonces, y con quien me acabé casando, consi-

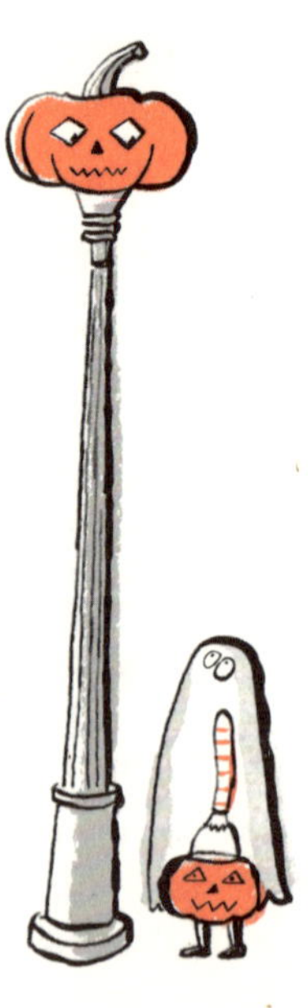

guió, propinas mediante, alquilar un apartamento en el ático. Mi hermana Delia y su marido se mudaron al Apthorp; ella también pensaba vivir allí hasta que se muriera. Cuando trabajábamos juntas, escribiendo guiones, a Delia le era facilísimo bajar de su casa, cruzar el jardín y subir a la mía; si llovía, incluso podía hacer el camino por el sótano. Mi amiga Rosie O'Donnell alquiló un ático y se quedó tan fascinada con uno de los porteros —George, un hombre con mucha personalidad— que lo contrató para su programa de tertulia. George, como la mayoría de los porteros del Apthorp, en realidad no abría la puerta —que dicho sea de paso era una verja de hierro enorme que normalmente requería ayuda—, pero siempre ofrecía algún comentario pasajero sobre cualquier vecino del edificio, y cuando volvía a casa me informaba de dónde estaban mi marido, mis hijos, mi niñera, mi hermana, mi cuñado y hasta Rosie, que pintó su apartamento de naranja, llenó las paredes de estanterías para su extensa colección de juguetes del Happy Meal, se llevaba mal con sus vecinos debido a sus perros, se peleó con el casero porque la lavadora estaba irremediablemente conectada al desagüe de la bañera, y se mudó. Me quedé pasmada. No me podía creer que alguien pudiera irse del Apthorp voluntariamente. Yo nunca me iría. Tendrían que sacarme con los pies por delante. Eso decía.

De vez en cuando, una ambulancia entraba en el patio y se llevaba a un inquilino con los pies por delante, y en cuestión de minutos le caía al casero una avalancha de llamadas por una posible vivienda libre, normalmente de vecinos que habían visto entrar o salir la ambulancia (o se habían enterado por George) y querían mudarse a un piso más grande.

Cuando me instalé en el Apthorp, los dueños eran tres personas mayores, aunque, ahora que caigo, no tenían muchos más años que los que tengo yo ahora. Uno de ellos era un señor elegante y encantador, muy activo en todo tipo de causas benéficas relacionadas con los supervivientes del Holocausto. Vivió lo suficiente para que lo llevaran a juicio en varias ocasiones, nunca por el delito del que yo lo sabía culpable, que era el de forrarse con los pagos en metálico de quienes entraban a vivir en el edificio o lo dejaban. A mí me gustaba mucho este señor y su Porsche rojo, que condujo hasta el día que se lo llevaron al hospital. Allí recibió el último soborno, de unos vecinos, y murió. El soborno, por cierto, ascendía a 50.000 dólares: parte de los 285.000 del depósito que mis vecinos le cobraron a un nuevo inquilino por cederle su contrato de alquiler. Es cierto. Había quien pagaba 285.000 dólares de traspaso por vivir en el Apthorp. ¿Cómo era posible? ¿Qué pensaban? En realidad me lo imaginaba: pensaban que amortizarían los 285.000 dólares en cincuenta y seis años por el precio de cuatro capuchinos al día. Capuchinos grandes. Capuchinos *mucho grande*.

Viví diez años en el Apthorp en un emocionante estado de delirio. El agua de la bañera era muchas veces de color marrón, probablemente había amianto en los radiadores, y la fachada exterior del edificio tenía una costra de hollín. También había ratones. ¿Y qué? El alquiler iba subiendo poco a poco: la ley permitía a los arrendatarios un incremento del ocho por ciento cada dos años, pero el piso seguía siendo una ganga. Por aquel entonces había empezado en Nueva York el *boom* inmobiliario y los periódicos se llenaron de alarmantes noticias sobre la escalada de los precios del alquiler; en Manhattan se alquilaban estudios por dos mil dólares al mes. Yo pagaba lo mismo por ocho habitaciones. Me sentía un genio.

Por otro lado, había inquilinos descontentos que denunciaban al casero por distintos motivos. Yo no lo entendía. ¿Qué querían? ¿Servicio doméstico? ¿Que les pintaran el piso cada cierto tiempo? ¿Que les pagaran cuando tocaba sustituir una lámpara rota? Algunos incluso se quejaban de que no se permitiera el reparto de comida china en el edificio. ¿Y qué? Cada vez que entraba en el jardín, al final de mi jornada laboral, yo volvía a enamorarme.

Un policía que vino una noche a ocuparse de un altercado en mi planta resumió mis sentimientos a la perfección. Mi vecino de al lado era un profesor, amable y simpático, que no haría daño ni a una mosca. Su hijo dejaba normalmente la bici en el pasillo, cerca de nuestra puerta. El vecino del final del pasillo, un contable, la tomó con la bicicleta del hijo del profesor, que al parecer le hacía daño a la vista, y es probable que tuviera razón. Una tarde decidió poner la bici justo delante de la puerta del profesor, bloqueando el paso. El profesor encontró la bici en la puerta y volvió a dejarla en su sitio. El contable volvió a ponerla delante de la puerta del profesor. A todo esto, el ruido que hacían llamó mi atención, y estaba yo asomada a la puerta, curioseando en el pasillo, cuando se representó la escena final del drama.

El profesor acababa de retirar la bicicleta de su puerta y estaba al acecho, con la esperanza de pillar al contable en el momento en que volviera a moverla. Nos quedamos los dos como idiotas, mirando entre los visillos de las puertas de cristal. Tal como esperábamos, el contable apareció en el pasillo y dejó la bici delante de la puerta del profesor. En ese momento, el profesor abrió la puerta y se puso a gritar al contable, que por cierto era más bajo. En cuestión de segundos, el profesor perdió los nervios por completo y le soltó un puñetazo al contable. Fue muy emocionante. El contable llamó a la policía. La policía llegó enseguida. Como yo, por fisgona, había sido testigo del incidente, me autoinvité a la reunión del policía con mis dos vecinos. La reunión se celebró en el piso del profesor, que era de renta fija y tenía incluso más dormitorios que el mío. Los dos vecinos contaron su versión de los hechos, y después yo conté la mía. Tengo que decir que la mía fue la mejor, porque añadí una breve disquisición, ingeniosísima y puede que de todo punto irrelevante, sobre la impaciencia de la gente que no tiene hijos con la gente que tiene hijos (y bicicletas). Tendrían que haberme visto. El caso es que, cuando terminamos, el policía movió la cabeza con pena, se levantó y nos dijo: «¿Por qué no pueden llevarse bien? Yo mataría por vivir en este edificio».

Con el tiempo, empecé a tener un sueño recurrente sobre el Apthorp: aunque, para ser exactos, era una pesadilla recurrente. Soñaba que me había mudado, por accidente, caía en la cuenta de que había cometido el mayor error de mi vida y no podía recuperar el alquiler. Había hecho suficientes años de psicoanálisis para no interpretar literalmente este tipo de sueños, pero aun así no deja de asombrarme que cuando mi inconsciente buscaba un símbolo de lo que más me dolería perder, el símbolo fuera mi piso.

Allá por 1990 empezó a extenderse el rumor de que la ley de arrendamientos estaba a punto de cambiar: en determinadas circunstancias, podía derogarse la limitación del precio del alquiler, y los propietarios podían subir la renta hasta alcanzar lo que se llamaba un precio justo de mercado. Hice oídos sordos. Mis vecinos estaban obsesionados; decían que podrían llegar a subirnos el alquiler hasta ocho o diez mil dólares al mes. Pensé que estaban neuróticos perdidos. Las limitaciones al precio del alquiler eran parte indisociable de la vida en Nueva York, como los puestos de perritos calientes Gray's Papaya. Eso no cambiaría nunca. Estaba dispuesta a admitir (bueno, no tanto) que en determinadas circunstancias la nueva ley quizá fuera justa; comprendía que se pudiera argumentar (sin demasiada solidez) que había gente como yo que llevaba años disfrutando de una especie de alquiler subvencionado, y veía (vagamente) que los propietarios tenían derecho a hacer *algo*. Pero si nos subían el alquiler, estaba segura de que el aumento sería razonable. Al fin y al cabo, los inquilinos éramos una familia. Los dueños lo sabían. Nunca cometerían el disparate de duplicar o triplicar el precio. Este momento mío de estúpida inocencia es comparable a ese otro —el primero en todas las historias de amor que acaban mal— en que una mujer descubre el levísimo olor del perfume de otra mujer en la camisa de su marido, decide que no pasa nada y sigue a lo suyo tan contenta. Yo seguí a lo mío tan contenta. Y entonces, los dueños contrataron a una administradora para el edificio: Barbara Ross.

La señorita Ross era una mujer menuda, intimidante, con la piel muy blanca, los labios de un rojo muy vivo y el pelo negro como la tinta, peinado como si llevara en la cabeza una colmena descomunal. La colmena era tan grande y extraña que me recordaba una leyenda urbana de la década de 1950 sobre una mujer que acabó con un nido de cucarachas en el pelo de tanto cardárselo. La voz de Barbara Ross era como un chorrito de miel, lo que la volvía aún más intimidante. Podía tener cuarenta años o setenta: nadie lo sabía. Llevaba trajes de chaqueta de *shantung* de seda rosa con unas hombreras gigan-

tescas. Merodeaba por todas partes. Vivía en Nueva Jersey pero los jueves por la noche se quedaba en la oficina del edificio, y corrían rumores de que se acercaba descalza, a escondidas, para sorprender a los ascensoristas echando una cabezadita. Envió circulares para que los niños dejasen de jugar a la pelota en el jardín. Cambió el pavimento del patio y cubrió de asfalto el suelo de guijarros. Tenía un don para sorprenderte en el pasillo de una manera que te hacía sentir culpable aunque fueras completamente inocente. En resumidas cuentas, era un personaje de pesadilla, tanto que enseguida pasó a ser un personaje de la mía: empecé a soñar que me había mudado del Apthorp, por accidente, caía en la cuenta de que había cometido el mayor error de mi vida, y no podía recuperar el alquiler, *por culpa de la señorita Ross.*

Entretanto ocurrió lo impensable. La Asamblea del Estado de Nueva York aprobó una ley de desregulación del precio del alquiler, según la cual todo inquilino con un alquiler superior a 2.500 dólares mensuales y unos ingresos superiores a 250.000 dólares anuales quedaba automáticamente excluido de la cláusula de limitación del precio del alquiler. No me lo podía creer. Me quedé de piedra. Comprendía que la ley se aplicara a los *nuevos* inquilinos, pero ¿cómo narices podía aplicarse a quienes llevábamos años viviendo en el edificio, bajo el pacto implícito que supone la regulación del precio del alquiler? Ni siquiera me habían pintado el piso una sola vez, aunque tampoco lo había pedido, y ahora los dueños me trataban como si viviera en un piso de lujo. ¡Era casi inconstitucional! ¡No había justificación posible!

¡Era una profunda injusticia! ¡Eso no se podía hacer! Además, tampoco incentivaba en absoluto la llegada de nuevos inquilinos. Yo tenía un sueldo muy decente. Iban a subirme el alquiler. De hecho, sería la primera persona del edificio que viviría la experiencia. Y a todo el mundo le traía sin cuidado. Incluso a mí me habría traído sin cuidado de no ser yo. Por otro lado, no era exactamente yo. Estaba enamorada. Tenía fe, como esos campesinos franceses de la Edad Media convencidos de haber visto las lágrimas de santa Cecilia en un trozo de lienzo; era un personaje de una trama de engaño descomunal y locura colectiva. En resumidas cuentas, estaba loca de atar.

Y fui a hablar con la señorita Ross. Recuerdo que pronuncié un tierno discurso de amor al edificio. Un discurso profundamente conmovedor, aunque no para ella. Me comunicó que mi alquiler iba a triplicarse. Negociamos. Bajó el precio. Lo bajó lo justo para hacerme creer que había cosechado una pequeña victoria. ¿Cuánto lo bajó? No me atrevo a decirlo. Me da demasiada vergüenza teclear la cantidad. Aunque les garantizara que en el contexto de los precios de Nueva York el mío no era escandaloso, nunca me creerían. El caso es que acepté. Firmé un nuevo contrato de arrendamiento.

Lo firmé porque tenía dinero para pagar el alquiler, pero ni mucho menos para comprar un piso igual de bonito en ninguna zona de la ciudad.

Lo firmé porque mi gestor consiguió convencerme, con esa persuasión característica de los gestores, de que lo que pagaría por el alquiler sería menos de lo que pagaría por la cuota hipotecaria, más los gastos de comunidad, si compraba una vivienda.

Lo firmé, porque, como ya saben ustedes, soy experta en racionalizar, y me convencí de que quedarme en el piso me suponía un ahorro inmenso. El gasto de la mudanza, por ejemplo. El gasto del alta del teléfono. El gasto en correo para notificar el cambio de dirección a mis amigos. El gasto en muebles, en caso de que necesitara muebles nuevos para un piso que no había encontrado y al que no iba a mudarme. Calculé las horas y los días, incluso las semanas que perdería intentando hablar con la compañía telefónica… en vez de dedicarme a escribir una gran novela y ganar una pequeña fortuna con la que compensar sobradamente el aumento del alquiler.

Pero, como ya he dicho, esto no va de dinero. Esto es una historia de amor. Firmé el contrato porque no estaba dispuesta a divorciarme… de mi edificio.

Hace muchos años, cuando hacía psicoanálisis, mi terapeuta me decía a menudo: «El amor es nostalgia». Quería decir que tendemos a enamorarnos de alguien que nos recuerda a nuestro padre o nuestra madre. Esto, claro, es una de esas cosas que dicen siempre los psicoanalistas, aunque en realidad no es cierto. Prácticamente cualquier persona del planeta puede recordarnos a nuestro padre o nuestra madre, aunque sea en un hoyuelo. Pero no quiero desviarme del asunto. A lo que voy es a que el amor puede ser nostalgia, o no, pero la nostalgia es definitivamente amor. Mi casa del Apthorp era en realidad el único sitio en el que mis hijos y yo habíamos vivido juntos. Desde el día que nos mudamos, nunca habíamos cerrado la puerta con llave. Era el sitio donde a Max se le quedó la cabeza atascada en un molde de bizcochos y donde Jacob aprendió a atarse los cordones de los zapatos. Nick y yo nos casamos ahí, delante de la chimenea del salón, que no funcionaba. Era un símbolo de la familia. Era un emblema del momento en que cambió mi suerte. Era parte de mi identidad, o al menos parte de mi fantasía de identidad. Porque vivir en el West Side, un barrio que no estaba de moda, hacía que me sintiera inteligente y virtuosa. Porque pagar un alquiler hacía que me sintiera poco ambiciosa. Porque vivir en un piso destartalado hacía que me sintiera elegante. En resumen, era un hogar, en un sentido muy profundo, probablemente narcisista y sospecho que de lo más corriente, y yo tenía la sensación de que en ningún lugar del mundo podría sentir lo mismo.

Empezaron a acumularse los reveses. Se encontró misteriosamente un cadáver en la azotea. Hubo un incendio en un piso. Hubo un robo en otro piso de la planta once y atacaron a la criada.

Y a esto le siguieron las cosas verdaderamente traumáticas. ¡Los dueños limpiaron el edificio! Los dueños, que no habían hecho nada desde que nos mudamos, limpiaron el hollín de la fachada con chorro de arena, cambiaron las tuberías, renovaron los ascensores y pintaron de dorado los techos de los ascensores y del vestíbulo. Uniformaron a los empleados con galones y hombreras; el personal se transformó en la versión hispana del Sergeant Pepper's Lonely Hearts Club Band. El mayor de los propietarios, un hombre de noventa años que se llamaba Nason Gordon, retiró el buzón de la entrada y lo sustituyó por una enorme estatua de mármol de una mujer desnuda a la que los vecinos bautizaron al momento como Nuestra Señora del Apthorp. Llenó el patio de horrorosas hornacinas de estuco blanco y estatuas de leones. Los vecinos interpretaron todos estos cambios —del primero al último— como actos de hostilidad. Las mejoras obedecían claramente a un único objetivo: subir el alquiler. Y era verdad: cada vez que gastaban algún dinero en reformas, los dueños acudían a la Comisión Reguladora del Alquiler y solicitaban un aumento de las rentas so pretexto del desembolso. La consecuencia fue un aumento imparable del número de inquilinos afectados por la desregulación del alquiler y en un estado de pánico total. El miedo se veía exacerbado por el hecho de que la nueva ley permitía a los propietarios subir el precio del alquiler enteramente a su antojo. A fin de cuentas, ¿cuál era el precio justo de mercado de un piso de ocho habitaciones en una ciudad en la que prácticamente no había pisos de ocho habitaciones en alquiler?

Estábamos en la cima de la década de 1990 y había dinero a espuertas en las calles de Nueva York. Los pisos vacíos del Apthorp se remodelaron, la señorita Ross eligió unas arañas de lo más horteras, y empezaron a llegar inquilinos ricos. Uno de los nuevos vecinos pagaba un alquiler de veinticuatro mil dólares al mes. Veinticuatro mil dólares al mes, y el portero seguía sin

abrir la puerta y la comida china seguía sin repartirse. Llegaron hombres ricos divorciados. Las estrellas de cine iban y venían.

El patio, ese rincón idílico que antes estaba lleno de niños felices y risueños, se convirtió de pronto en un aparcamiento de limusinas que esperaban para llevarse a los nuevos inquilinos a sus fastuosas oficinas del centro de la ciudad. Los vecinos enfadados respondían con peticiones y demandas legales y difundían rumores de un nuevo aumento del alquiler con carácter inminente.

Mi contrato venció de nuevo, y la señorita Ross me llamó para informarme de la subida del alquiler. Los propietarios estaban dispuestos a ofrecerme un contrato de tres años: diez mil dólares al mes el primer año, once mil el segundo y doce mil el tercero. Mi alquiler aumentaba un cuatrocientos por ciento en tres años.

Y, de golpe, me desenamoré. Doce mil dólares al mes son muchos capuchinos. ¿Y saben qué? Yo no tomo capuchino. Nunca lo he tomado. Llamé a una agencia inmobiliaria y empecé a ver pisos. El amor no correspondido es un fastidio, como dijo Lorenz Hart. Me costó mucho más llegar a esta conclusión en el plano inmobiliario que en el matrimonial, pero por fin había llegado y era irrevocable. Como mi amor por el edificio era unilateral, desenamorarme fue de lo más sencillo. Mis hijos habían crecido y ya no ponían las mismas objeciones que en conversaciones anteriores, cuando tanteábamos la posibilidad de la mudanza y me suplicaban que no los sacara del único hogar que habían conocido en la vida. A mi marido todo le parecía bien. Mi hermana ya estaba en la calle, buscando piso; mi hermana, a quien *The New York Times* había denominado «el alma y el corazón» del Apthorp, estaba en la calle, con la mirada fría, sin sentimentalismo, y amenazaba con instalarse en el centro de Manhattan. Llamé a mi gestor, quien me explicó (con tanto detalle como unos años antes me había explicado que era más razonable alquilar que comprar) que era más razonable comprar que alquilar.

Así que nos preparamos para la mudanza. Tiramos a la basura montones de partes de nuestra vida: los Osos Amorosos, la estantería de metal del trastero del sótano, las cajas llenas de extractos del banco, los carteles que pusimos en la pared cuando éramos jóvenes, los altavoces del equipo de música, que ya no funcionaban, nuestro primer ordenador, la tabla de snow, la tabla de surf, la batería, las carpetas llenas de documentos de películas que nunca se rodaron. Llevamos cajas de ropa a organizaciones benéficas. Llevamos cajas de libros a bibliotecas de refugios para personas sin hogar. Nos sentimos limpios. Habíamos vuelto a lo esencial. Nos vimos obligados a plantar cara a lo que se nos había quedado pequeño, a lo que ya no necesitábamos, a quiénes éramos. Hicimos inventario. Fue como si hubiéramos muerto, pero conseguimos clasificarlo todo; fue como si hubiéramos renacido y estuviéramos en condiciones de empezar a acumular trastos otra vez.

El piso nuevo era considerablemente más pequeño que el del Apthorp. Estaba en el Upper East Side, un barrio que desde hacía más de veinte años yo consideraba enemigo de todo aquello por lo que sentía cariño. No había cerca ni un solo restaurante chino-cubano.

Pero la chimenea funcionaba, el portero abría la puerta a los repartidores y podías pedir comida china. A las pocas horas de mudarme me sentía en casa. Me sorprendió mucho. Estaba atónita. Sobre todo, me dio mucha vergüenza. No había vuelto a sentir tanta vergüenza desde que me divorcié por segunda vez, y muchas de las cosas que se me pasaron por la cabeza a propósito de ese matrimonio volvieron a pasárseme por la cabeza entonces: ¿por qué no me había ido cuando noté por primera vez el olor a perfume de otra mujer? ¿Por qué no me di cuenta de que buena parte de lo que interpretaba como amor no era más que mi incomparable talento para hacer de la necesidad virtud? ¿Qué defecto de la imaginación me hizo olvidar que la vida estaba llena de posibilidades distintas, incluida la de volver a enamorarme en algún momento?

Por otro lado, nunca voy a soñar con el piso nuevo.

Al menos no lo he hecho hasta ahora.

Y el barrio nunca me inspirará sentimientos románticos, aunque reconozco que tiene mucho más encanto de lo que me esperaba. No solo eso sino que tiene muchas de las cosas por las que tanto me gustaba el Apthorp: un quiosco de prensa abierto toda la noche, una tienda coreana de alimentación abierta toda la noche y hasta un Kinko's abierto las veinticuatro horas. Ahora es primavera, y por la ventana veo los perales en flor, que son preciosos... y, por cierto, comprar comida es tan cómodo en esta zona de la ciudad como en el West Side, y está mucho más cerca del aeropuerto, y el metro es mejor, y voy a decirles otra cosa más que he notado en el East Side: hace más sol. De verdad que sí, aunque no sé por qué; la luz es mucho más clara en el East Side que en el West Side. Además, en invierno hace mucho menos frío, porque está protegido de las rachas de viento gélido que vienen del río Hudson. Y está mucho más cerca de la consulta de todos mis médicos, cosa que, lamento decirlo, a mis años hay que empezar a tener en cuenta. A una manzana tengo una tienda en la que venden el yogur griego más rico del mundo, y a una manzana en dirección contraria tengo un restaurante en el que, sinceramente, podría cenar todas las noches: así de bueno es.

Pero esto no es amor. Solo es donde vivo.

La becaria de JFK lo reconoce todo

La becaria de John F. Kennedy reconoció ayer al *Daily News*: «Yo soy Mimi».

Marion (Mimi Fahnestock), hoy de sesenta años, se ha quitado un enorme peso de encima al revelar por fin su romance con el joven y atractivo presidente, hace ya cuatro décadas. «Mi regalo es que ahora puedo contarles a mis dos hijas casadas un secreto que llevo ocultando cuarenta y un años —señaló—. Es un inmenso alivio. Y ya no haré más comentarios sobre este asunto. Pido a la prensa que respete mi intimidad y la de mi familia.»

Yo fui becaria en la Casa Blanca cuando gobernaba JFK. Sí. Este no es uno de esos artículos de humor en los que quien escribe se jacta de tener cierta experiencia en el mundo de la prensa para contar una anécdota «divertida». Era 1961, y Pierre Salinger me contrató para trabajar en la oficina de prensa de la Casa Blanca, justo donde trabajaría Mimi Fahnestock un año después. Y ahora que Mimi Fahnestock se ha visto obligada a dar el paso y reconocer que tuvo un romance con JFK, yo también puedo contar mi historia.

Veo que en todos los artículos que hablan de la pobre Mimi se cita a otra mujer del gabinete de prensa, Barbara Gamarekian, que en un testimonio oral puesto a disposición del público en la Biblioteca Kennedy delató a Fahnestock. Gamarekian tuvo la maldad de manifestar, según los periódicos, que Mimi «no sabía escribir a máquina». Bueno, lo único que puedo decir a esto es: Ja. De hecho: Ja, ja. Mientras yo trabajé en la Casa Blanca había seis mujeres en la oficina de Pierre Salinger. Una se llamaba Faddle (su mejor amiga, Fiddle, trabajaba para Kennedy), y su único trabajo, que yo sepa, consistía en firmar las fotos de Pierre Salinger. El trabajo de Fiddle consistía en firmar las fotos de Kennedy. A nadie le exigían saber mecanografía, y mucho menos a becarias como yo (y como Mimi, me atrevería a añadir), porque NO HABÍA UNA MESA PARA QUE LAS BECARIAS PUDIERAN SENTARSE Y POR TANTO TAMPOCO UNA MÁQUINA EN LA QUE ESCRIBIR.

¡Sí, lo recuerdo todavía con rencor! Porque resulta que me habían contratado, y además de ser la única chica de la Casa Blanca incapaz de permitirse una interminable colección de vestidos de lino con vuelo y sin mangas como los de Jackie, era también la única persona del gabinete de prensa que no tenía dónde sentarse. Y tanto entonces como ahora era capaz de teclear cien palabras por minuto. Teóricamente, en mis ocho horas diarias dejaba de teclear cuarenta y ocho mil palabras porque NO TENÍA MESA.

Además, me habían hecho una permanente horrorosa. Esto es un dato importante para más adelante, cuando la historia se pone caliente.

Conocí a Kennedy a los pocos minutos de entrar a «trabajar» en la Casa Blanca. Mi primera mañana, el presidente tenía que ir a Annapolis para dar su discurso inaugural, y Salinger me invitó a sumarme al equipo que iría en el helicóptero de la prensa. Cuando volví a la Casa Blanca, Pierre me llevó a conocer al presidente. Era el hombre más guapo que había visto en mi vida. No recuerdo los detalles de nuestra conversación, aunque puede que Salinger los incluyera en sus memorias y estén en la Biblioteca Kennedy. Iré algún día a echar un vistazo. Lo que recuerdo es que la reunión fue breve: no duró más de diez o quince segundos. Después volví a la oficina de prensa y descubrí lo que ustedes, lectores, ya saben: que no tenía dónde sentarme.

Y así pasé mi verano de becaria merodeando por el pasillo, en los alrededores del archivo. Leí la mayor parte de lo que había en el archivo, incluso algunos informes interesantes con el rótulo de «Alto secreto» o «Solo para consultar». Justo al lado del cuarto del archivo estaba el lavabo de caballeros, y un día, el portavoz de la Casa Blanca, Sam Rayburn, se quedó encerrado sin querer. De no haber sido porque yo andaba cerca, puede que aún siguiera ahí encerrado.

De vez en cuando, entraba en el Despacho Oval y veía cómo fotografiaban al presidente con distintos líderes extranjeros. A veces, estoy segurísima, se daba cuenta de que lo observaba.

Y esto me lleva a mi encuentro crucial con JFK, por el que nadie de la Biblioteca Kennedy ha venido a preguntarme. Era un viernes por la tarde, y como no tenía dónde sentarme (véase más arriba) y nada que hacer (ídem), decidí salir a ver al presidente, que se marchaba en helicóptero a pasar el fin de semana en Hyannis Port. Hacía un día precioso, y yo estaba debajo del porche, contemplando la rosaleda, justo delante del Despacho Oval. El helicóptero aterrizó. El ruido era ensordecedor. Los rotores levantaban un aire de miedo (aunque gracias a la permanente, el pelo no se me despegaba de la cabeza). Y entonces, en lugar de salir de la zona residencial, el presidente salió de su despacho y pasó justo a mi lado para subir al helicóptero. Volvió la cabeza. Me vio. Me reconoció. El ruido era ensordecedor, pero el presidente me habló. Aunque no se oía nada, le leí los labios, y estoy segurísima de que dijo: «¿Cómo te va?». Pero tampoco podía asegurarlo. Así que contesté, como buenamente pude: «¿Qué?».

Y ya está. El presidente dio media vuelta y se alejó hacia el helicóptero, y yo volví a merodear por la Casa Blanca hasta que terminó el verano. Nunca más lo vi.

Después de leer los artículos sobre Mimi Fahnestock me ha quedado terriblemente claro que soy probablemente la única joven que trabajó en la Casa Blanca a la que el presidente Kennedy no le tiró los tejos. A lo mejor fue por la permanente, que sinceramente había sido un error lamentable. A lo mejor fue por mi forma de vestir, casi siempre con vestidos acrílicos de muchos colores que parecían hechos de queso fundido. A lo mejor fue porque soy judía. No se rían: piénsenlo… piensen en la larga, larga lista de mujeres con las que JFK se acostó. ¿Había alguna judía? Creo que no.

Por otro lado, puede que no pasara nada entre nosotros por la sencilla razón de que JFK vio que la discreción no era lo mío. Vamos, que les garantizo que si hubiera ocurrido algo entre nosotros no habrían tardado tanto en enterarse.

Bueno, esta es mi historia. Podría hacerla pública, aunque se la he contado a casi todo el mundo que he conocido en los últimos cuarenta y dos años. Y ahora, como Mimi Fahnestock, no haré más comentarios sobre este asunto. Pido a la prensa que respete mi intimidad y la de mi familia.

Bill y yo: El final del amor

Rompí con Bill hace mucho tiempo. Siempre es difícil recordar el amor… Pasan los años y te preguntas: ¿De verdad estaba enamorada o me engañaba? ¿De verdad estaba enamorada o me inventaba que era el hombre de mis sueños? ¿De verdad estaba enamorada o solo desesperada? Pero en el caso de Bill, estoy segurísima de que fue auténtico. Lo quería.

Él, tengo que ser sincera, no me quería. De hecho, ni siquiera pensaba en mí. Ni una sola vez. Sin embargo, al principio esto no me disuadió. Yo lo quería, creía en él, y ni siquiera tuve en cuenta que era un mentiroso. Naturalmente, sabía que había mentido cuando habló de lo suyo con Gennifer, pero entonces yo creía que esas mentiras no contaban. ¿Cómo podía ser tan idiota?

El caso es que me desenamoré de Bill al poco de empezar la partida: cuando lo de los gays en el Ejército. Esto ocurrió en 1993, poco después de la investidura, y se me volvió el corazón de piedra. La gente emplea esta expresión metafóricamente, pero si un corazón pudiera volverse de piedra no metafóricamente, eso fue lo que le pasó a mi corazón con Bill. Yo tenía fe en él. Estaba segura de que nunca recularía. ¿Cómo iba a hacer una cosa así? Pero reculó, y se quedó tan ancho. Resultó ser como todos los demás. Y se acabó. Adiós, gran hombre. Me largo. Ni se te ocurra llamarme. Y, por cierto, si te llaman por teléfono y tu mujer pregunta quién es, y quien te llama cuelga, no creas que soy yo porque no seré yo.

Pensarán ustedes que cuando Bill se lio con Monica yo ya pasaba de él y no podía hacerme daño. Pensarán que me encogí de hombros y dije: «Os lo advertí». No puedes fiarte de él ni para ir a la vuelta de la esquina. Sin embargo, para mi enorme sorpresa, Bill volvió a romperme el corazón. No podía creer que me sintiera tan traicionada. Lo tenía todo, absolutamente todo, y lo tiró por la borda. Y esto es lo principal: lo que tenía no era suyo y por tanto no podía tirarlo. Era nuestro. Se lo habíamos regalado, y lo dilapidó.

Pasaron los años. En cenas de amigos hemos dado muchas vueltas a cómo llegamos a ese punto y quién tuvo la culpa. ¿Fue culpa de Nader? ¿O de Gore? ¿O de Scalia? Hasta Monica entraba en las quinielas porque, en el fondo, ella era la encargada de repartir la pizza, y esa pizza fue sin duda el principio del fin. A la mayoría de mis amigos les costaba mucho decidirse, pero a mí no; solo había un culpable, y era Bill. Tracé una línea recta que iba de esa pizza a la guerra. Tal como yo lo veía, si Bill se hubiera portado como es debido, Al habría salido elegido, y miles y miles de personas que hoy están muertas aún seguirían con vida.

Saco todo esto a colación porque el otro día me tropecé con Bill. Estaba viendo un informativo dominical, y de pronto apareció Bill. Reconozco que tenía buen aspecto. Y fue escueto: nada de ese blablablá que antes me sacaba de quicio. Había invitado a un montón de gente a una conferencia en Nueva York, y los asistentes se pasaron la semana hablando de calentamiento global, pobreza y esos rincones ignotos de los que él tanto sabe.

Cuando habló de la conferencia, estuvo fascinante. Vi que le preocupaba mucho; y, por supuesto, vi lo listo que era. Fue muy refrescante. Fue casi conmovedor. Para mi sorpresa, hasta entendí por qué me había enamorado de él. Me dio una pena inmensa. Es mucho más fácil olvidar a una persona si te engañas hasta convencerte de que en realidad nunca la quisiste tanto.

Unos días después, leyendo sobre la conferencia de Bill, vi algo que me hizo pensar, por un instante, que Bill tal vez quería recuperarme. «A mi edad ya no me preocupa lo que pueda pasarme —decía—. Sencillamente, no quiero que nadie vuelva a morir antes de tiempo.» Casi me conquista. Pero recobré el juicio. Y lo único que quería era coger el teléfono para decirle: «Si de verdad crees eso, hipócrita, ¿por qué

no das un paso al frente y te posicionas en contra de esta guerra?».

Pero no lo he llamado. Hace años que no lo llamo y no pienso llamarlo ahora.

Donde vivo

1. Vivo en Nueva York. Nunca podría vivir en otro sitio. Los atentados del 11 de septiembre me obligaron a tomar conciencia de que, pase lo que pase, vivo aquí y de aquí no me muevo. Una de las cosas que más me gustan de Nueva York es que puedes llamar por teléfono, pedir algo y que alguien te lo traiga. Una vez viví un año en otra ciudad, y me pasaba casi el día entero yendo a tiendas, comprando cosas, cargándolas en el coche, llevándolas a casa, descargándolas y metiéndolas en casa. Es un misterio que alguien consiga hacer algo en ciudades así.

2. Vivo en un piso. Nunca podría vivir en otro sitio que no fuera un piso. Me encantan los pisos porque lo pierdo todo. Los pisos son horizontales, y así es mucho más fácil encontrar las cosas que pierdo: gafas, guantes, cartera,

lápiz de labios, libro, revista, teléfono móvil y tarjeta de crédito. El otro día incluso perdí un trozo de queso dentro de casa. Además, los bloques de pisos tienen portero, y eso es muy cómodo si te traen pedidos a domicilio, como me pasa a mí a menudo, a veces para reponer las cosas que no consigo encontrar.

3. Vivo en mi barrio. Mi barrio consiste en la tintorería, la estación de metro, la farmacia, el supermercado, el cajero automático, el delicatesen, la peluquería, el salón de uñas, el quiosco de prensa y el restaurante donde voy a comer. Lo tengo todo a dos manzanas de casa. Y esta es otra cosa que me encanta de vivir en Nueva York: que todo está a mano. Si se te olvida comprar perejil, solo tardas dos minutos en ir a buscarlo. Eso es estupendo, porque se me olvida a menudo comprar perejil.

4. Vivo en mi escritorio. Mide 2,13 metros de largo por 70 centímetros de alto, la altura ideal para evitar dolencias relacionadas con el uso del ordenador, como el síndrome del túnel carpiano. Mi escritorio es blanco. Mi ordenador es un Power Mac G4 y en él me paso la mayor parte del día y la mitad de la noche. Ayer mismo, navegando por internet, descubrí que hay una expresión que me define: *geek*. Significa que alguien está tan conectado a su ordenador como otros al sofá y la tele. Lo que más me gusta de mi escritorio es que tiene un cajón enorme, abajo a la izquierda, en el que he puesto una papelera gigantesca. Seguro que no soy yo quien ha in-

ventado el concepto de incorporar una papelera a un escritorio, pero podría haber sido yo, y tanto si he sido yo como si no me parece un gran avance. Así no hay una fea papelera a la vista, ocupando espacio en el suelo, llena de bolsitas de té usadas y de papeles arrugados. Recomiendo vivamente incorporar una papelera al escritorio y confío en que estas líneas basten para que la idea prenda, a lo grande, y se convierta en el logro por el que se me recuerde. Mi escritorio es un caos. Muchas de las cosas que no encuentro están sepultadas en él, y otras en la papelera, donde las he tirado por error.

5. Y, por supuesto, vivo en la cocina. Unas veces voy a comer, otras veces voy a ver lo que voy a comer la próxima vez que coma, y otras voy para hacer un poco de ejercicio. No exagero cuando digo que voy a la cocina unas novecientas veces al día. Creo que voy a ir ahora mismo a terminar de comerme la manzana que empecé hace exactamente un minuto. Espero que siga ahí.

La historia de mi vida en algo menos de 3.500 palabras

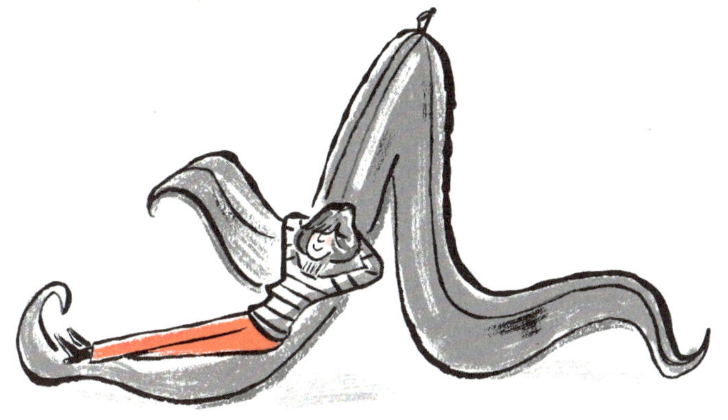

Si consigo volver a Nueva York estaré contenta

Tengo cinco años. Acabamos de mudarnos de Nueva York a Los Ángeles y estoy al aire libre, en los columpios de mi nuevo colegio de Doheny Drive, en Beverly Hills. El sol se filtra entre los árboles y estoy rodeada de niños rubios, felices y risueños. Lo único que pienso es: ¿qué hago aquí?

Lo que decía mi madre

Mi madre dijo esta frase por lo menos quinientas veces mientras yo era pequeña: «Todo es copia».

También decía: «No te compres nunca un abrigo rojo».

Lo que decía mi profesor

Mi profesor de periodismo en el instituto, Charles O. Simms, nos está enseñando a escribir una entradilla, la primera frase o párrafo de una noticia. Escribe en la pizarra: «Quién, qué, dónde, cuándo, por qué y cómo». Luego nos dicta una serie de datos, más o menos así: «Kenneth L. Peters, director del Instituto de Beverly Hills, ha anunciado hoy que el profesorado del centro viajará a Sacramento, el jueves, para asistir a un coloquio sobre nuevos métodos de enseñanza. En el encuentro intervendrán la antropóloga Margaret Mead y el rector de la Universidad de Chicago, Robert Maynard Hutchins». Nos sentamos con nuestras máquinas de escribir a redactar el titular, y casi todos invertimos el orden de los datos, de manera que el texto queda más o menos así: «La antropóloga Margaret Mead y el rector de la Universidad de Chicago, Robert Maynard Hutchins, se dirigirán a los docentes el próximo jueves, en Sacramento, donde se celebrará un coloquio sobre nuevos métodos de enseñanza, según ha anunciado hoy el director del instituto, Kenneth L. Peters». Entregamos nuestros titulares. Estamos muy orgullosos. El señor Simms les echa un vistazo y los tira todos a la papelera. Nos dice: «El titular es que el jueves no habrá clase». Se me enciende una bombilla en la cabeza. En ese momento decido que voy a ser periodista. Unos meses más tarde, participo en un concurso municipal de redacción, en el que tengo que explicar en un máximo de cincuenta palabras por qué quiero ser periodista. Gano el primer premio: dos entradas para el estreno de una película de Doris Day.

Juro por Dios que Janice Glabman no volverá a reírse de mí

Voy a la universidad. Peso 48 kilos. Vuelvo de la universidad tres meses después. Peso 57 kilos. Antes estaba delgada y amorfa. Ahora estoy gorda e, irónicamente, igual de amorfa. Nada me cabe, salvo la falda escocesa plisada de lana de Pendleton, que me hace parecer incluso más gorda. Es una tragedia. Mi padre me ve bajar del avión y le dice a mi madre: «Bueno, a lo mejor alguien se casa con ella por su personalidad».

Vuelvo a la universidad. Sigo estando gorda. En la cafetería de la residencia hay una máquina a la que llaman La Vaca, y cuando tiras de una palanca da la leche más fría y deliciosa que has probado en la vida. También hay bollitos de miel, *popovers* y bizcochitos. Nunca había estado expuesta a semejantes maravillas. Me encantan. Repito. Tripito. Por supuesto, todo lleva mantequilla en abundancia, además de esa maravillosa leche fría. No hablamos de leche desnatada, amigos míos. De esto hace tanto tiempo que nadie tenía la menor noticia de la existencia de la leche desnatada.

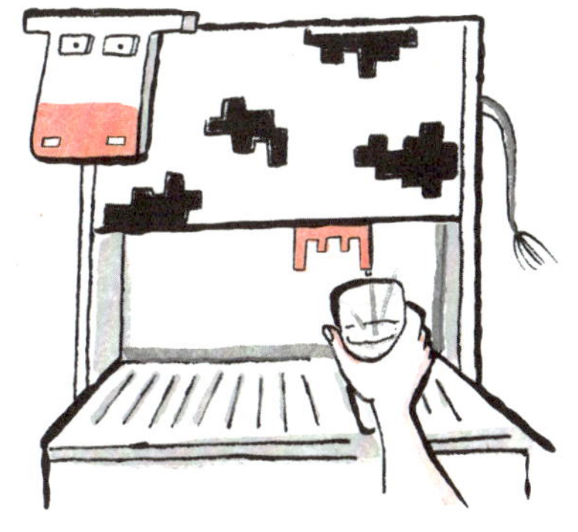

Y así pasan los meses. Vuelvo a casa en verano. Estoy más gorda que nunca. No me cabe nada. Esto ya lo he dicho y sigue siendo cierto. Pero, como es verano, ni siquiera puedo ponerme la falda escocesa plisada de Pendleton, porque es de lana. Así que voy a casa de mi amiga Janice Glabman a pedirle que me preste algo de ropa. Janice siempre ha tenido unos kilos de más. Me pruebo unos pantalones suyos. Me quedan pequeños. Me quedan más que demasiado pequeños. Ni siquiera puedo subir la cremallera. Janice se ríe de mí. Estas son sus palabras textuales: «Ja ja ja ja ja». Al día siguiente me pongo a dieta. Seis meses después vuelvo a pesar 48 kilos. Sigo a dieta desde entonces.

Hace más de cuarenta años que no veo a Janice, pero estoy preparada para verla. Estoy delgada. Aunque ahora peso 57 kilos, lo que pesaba exactamente cuando volví de la universidad convertida en una bola de mantequilla. No me lo explico.

No voy a casarme con Stanley J. Fleck

Estoy trabajando un verano de becaria en la Casa Blanca de Kennedy y prometida con Stanley J. Fleck, un joven abogado. Todo el mundo que conozco está prometido. Mi prometido viene a verme a Washington y lo llevo de gira por la Casa Blanca, donde tengo un pase que me permite entrar y salir libremente. Le enseño la Sala Roja. Le enseño la Sala Azul. Le enseño el precioso retrato de Grace Coolidge. Le enseño la rosaleda. Terminada la gira, me dice: «La mujer que se case conmigo nunca trabajará en un sitio así».

Domingo en el parque

Voy en una barca de remos por el lago de Central Park. Afortunadamente no remo yo. Sigo en la universidad, pero pronto habré terminado, pronto estaré viviendo aquí, en Nueva York. Miro los edificios que rodean el parque y caigo en la cuenta de que, aparte del chico que está remando, no conozco a nadie en la ciudad. Y apenas conozco al chico que está remando. Me pregunto si acabaré siendo una de esas personas que salen en el periódico, que viven en Nueva York, nunca se relacionan con nadie y, al final, se mueren y nadie se entera hasta que pasan varios días y empieza a notarse el olor en el portal. Prometo que algún día conoceré a alguien en Nueva York.

Voy a ser reportera para siempre

Estamos en 1963. He escrito un texto satírico para el *New York Post* durante una huelga de la prensa. A los editores del *Post* les sienta mal la parodia, pero a la dueña le hace gracia. «Si pueden parodiar al *Post* pueden escribir para el *Post* —dice—. Contrátalos.» Cuando termina la huelga me ofrecen una semana de prueba en el *Post*. La redacción es un cuchitril oscuro y polvoriento. Los escritorios están destrozados y se caen a pedazos. Huele fatal. No hay suficientes teléfonos. El editor de la sección local me envía al acuario de Coney Island, a cubrir la noticia de una pareja de focas capuchinas que han traído para que se apareen y no se hacen ni caso. Escribo un artículo. Me parece divertido. Lo entrego. Oigo risas en la mesa de la sección local. A ellos también les parece divertido. Me contratan indefinidamente. Soy más feliz que nunca. He conseguido mi ambición en la vida y tengo veintidós años.

Puede que no sea reportera para siempre

Una noche voy a un bar que está cerca del *Post* con uno de mis compañeros y el director ejecutivo. Ha llovido. Después de varias copas, el director ejecutivo nos invita a su casa, en Brooklyn Heights. Cuando llegamos, me pide que me quede en la escalera de la entrada. Hay un toldo en una de las ventanas. Sigo esperando hasta que el director ejecutivo baja el toldo y me echa encima unos cinco litros de agua. Cree que es para morirse de risa.

Mi vida cambia

Escribo un artículo para una revista sobre tener los pechos pequeños. Ahora soy escritora.

Lo que decía mi madre (2)

Hoy creo que a lo que se refería mi madre cuando decía «Todo es copia» es esto: cuando te resbalas con una piel de plátano, la gente se ríe de ti; pero cuando cuentas que te has resbalado con una piel de plátano, quien se ríe eres tú. Así pasas a ser la heroína del chiste en lugar de la víctima.

Creo que se refería a eso.

Por otro lado, puede que simplemente quisiera decir que todo es una copia.

Cuando se estaba muriendo, en el hospital, me dijo: «Eres periodista, Nora. Toma notas». Creo que esto no es exactamente lo mismo que «Todo es copia».

Mi madre murió de cirrosis, aunque la causa directa de la muerte fue una sobredosis de somníferos que le dio mi padre. Por aquel entonces no me pareció que eso pudiera incluirse en el epígrafe de «Todo es copia». A mi hermana Amy, sí: lo contó en una novela. ¿Quién puede reprochárselo?

Cómo murió: mi versión

Mi madre está ingresada. Mi padre va a verla todos los días y dice: «Ya está, van a desenchufarla». Pero no está enchufada. Vuelve a casa. Pasan varios días. Un día, mi padre dice: «Voy a darle a la enfermera la noche libre».

Esa noche, tarde, llama para decirme que mi madre ha muerto. Los de la funeraria ya han ido a llevarse el cadáver. Voy a casa de mis padres. Son las cuatro de la madrugada. Paso un rato con mi padre y luego decidimos dormir algo antes de que empiece el día. Mi padre busca en el bolsillo del albornoz y saca un frasco de somníferos. «Me las dio el médico, por si tenía dificultad para dormir —dijo—. Tíralas por el váter.» Voy al cuarto de baño y las tiro por el váter. A la mañana siguiente, cuando llegan mis hermanas, les digo lo de las pastillas. Mi hermana Amy me pregunta: «¿Las contaste?».

«No», digo.

«Hummm», dice.

Estuve seis años casada con él

Mi primer marido es una persona encantadora, pero tiene un apego patológico a sus gatos. Estamos en 1972, momento álgido del feminismo, y todo el mundo se divorcia, incluso quienes no tienen un marido con un apego patológico a los gatos. Mi marido está planeando que hagamos un safari fotográfico por África, y le digo:

—No puedo ir.

—¿Por qué?

—Porque es muy caro, y puede que nos separemos, y me sentiré muy culpable sabiendo que te has gastado un dineral para llevarme a África.

—No digas chorradas —contesta—. Nos queremos y no vamos a divorciarnos y, aunque así fuera, eres la única persona con la que me apetece ir a África. Nos vamos.

Y nos vamos a África. El viaje es maravilloso. Cuando volvemos, le digo a mi marido que quiero divorciarme.

—¡Pero si te he llevado a África! —dice.

Estas cosas no se pueden inventar

Estoy trabajando en un artículo para una revista sobre la directora de Bennington College, a la que despidieron de su trabajo. He leído un artículo en *The New York Times*, en el que cuentan que la despidieron —junto con su marido, subdirector de Bennington— por su valiente oposición a la titularidad de los puestos académicos. Sospecho que el despido no tiene nada que ver con su valiente oposición a la titularidad de los puestos académicos, aunque no tengo la menor idea de cuál puede ser el motivo real. Voy a Bennington y me entero de que la han despedido porque tenía una aventura con un profesor: daban juntos una asignatura sobre Nathaniel Hawthorne, y los dos iban a clase con una camiseta que llevaba estampada una «A» escarlata. Además, me entero de que en la facultad la odian desde el principio, porque les invitó a una fiesta y sirvió la lasaña fría y una tarta de plátano de Sara Lee congelada. No consigo sobreponerme a este aspecto del periodismo. Me fascina ver que la vida jamás decepciona. No logro entender que alguien pueda escribir ficción cuando lo que ocurre en la vida real es tan asombroso.

Todo es copia

Estoy en el séptimo mes de embarazo de mi segundo hijo y acabo de descubrir que mi segundo marido se ha enamorado de otra. Ella también está casada. Su marido me llama por teléfono. Es el embajador británico en Estados Unidos. No es broma. Resulta ser de esas personas que tienden a verlo casi todo a escala global. Propone que comamos juntos. Quedamos en un restaurante chino de la Avenida de Connecticut y nos echamos el uno en los brazos del otro, llorando.

—Ay, Peter —le digo—. ¿No es horrible?

—Es horrible —asiente—. ¿Qué le pasa a este país?

Estoy llorando, histérica, y al mismo tiempo pienso que algún día esto será una anécdota graciosa.

Estuve casada con él dos años y ocho meses

Voy a Nueva York a ver a mi psiquiatra. Entro en su consulta y rompo a llorar. Le cuento lo que me ha hecho mi marido. Le digo que estoy destrozada. Le digo que estoy hundida y que nunca volveré a ser la misma. No puedo dejar de llorar. Me mira y dice: «Tienes que entender una cosa: tarde o temprano ibas a dejarlo».

Por otro lado, a lo mejor estas cosas sí se inventan

Así que escribo una novela. Transformo en hámsteres a los gatos de mi primer marido, cambio al embajador británico por un subsecretario de Estado y pongo barba a mi segundo marido.

Una de las cosas más tristes del divorcio

Lo dice mi hermana Delia, y es cierto. Cuando éramos pequeñas, nos encantaba que nuestros padres nos contaran cómo se conocieron y se enamoraron, y cómo se fugaron del campamento de verano en el que los dos eran monitores. Esta historia era una parte esencial de nuestra vida, una canción que se cantaba sin parar, y a pesar de todo lo que vino después, al margen de lo horrible que llegó a ser la relación de nuestros padres, siempre supimos que, una vez, estuvieron locamente enamorados.

Pero cuando llega el momento del divorcio, nunca les dices a tus hijos que una vez estuviste locamente enamorada de su padre, porque eso los confundiría demasiado.

Y luego, con el tiempo, ni siquiera recuerdas haberlo estado.

Un hombre y una mujer viven en una casa en una península desierta

Alice Arlen y yo hemos escrito el guion de la película *Silkwood*. Se basa en la historia real de Karen Silkwood, que trabajaba en una planta de plutonio en Oklahoma y murió en un misterioso accidente de tráfico cuando iba a reunirse con un periodista del diario *The New York Times* para hablar de las condiciones de trabajo en la planta. Va a dirigirla Mike Nichols. Supuestamente iba a dirigir un musical de Broadway, pero todo se fue al garete por la traición de una amiga íntima relacionada con el proyecto. A la amiga íntima la llamaremos aquí Jane Doe.

El caso es que empezamos a trabajar con Mike en el siguiente borrador del guion, y él no para de proponer escenas en las que a Karen Silkwood la traiciona una amiga cercana. Aporta mil ideas, pero en realidad ninguna guarda la menor relación con lo que le ocurrió a Karen Silkwood, sino con lo que ocurrió entre Mike y su amiga Jane. Al final le digo:

—Mike, Jane no mató a Karen Silkwood.

—Sí —contesta Mike—. Entiendo lo que quieres decir. Es la historia de la península.

Y nos cuenta la historia de la península:

Un hombre y una mujer viven en una casa, en una península desierta. La madre de él va a pasar una temporada con la pareja, y él se marcha de viaje de trabajo. La mujer coge el ferri para ir a ver a su amante. Hacen el amor. Cuando terminan, ella se da cuenta de que es tarde, se viste y sale corriendo para no perder el último barco. Pero lo pierde. Le suplica al capitán. El capitán le dice que la lleva si le paga seis veces más de lo que cuesta el billete normal. La mujer no tiene dinero. No le queda más remedio que volver a casa andando y, en el camino, un desconocido la viola y la mata.

La pregunta es: ¿Quién es responsable de su muerte, y en qué orden? ¿Ella, el marido, la suegra, el capitán del barco, el amante o el violador?

La pregunta es como una imagen de Rorschach, dice Mike, y si se la hicieran ustedes a varios amigos, todos darían una respuesta distinta.

Otro momento en que se me enciende una bombilla.

Este señala el final de mi historia de amor con el periodismo y el principio del descubrimiento de que prácticamente todo es un cuento.

*O, como dijo E. L. Doctorow en cierta ocasión,
más sucintamente*

«Me acerco poco a poco a la tesis de que no existe la ficción o la no ficción tal como las entendemos normalmente: solo existe la narrativa.»

De mi guion de Cuando Harry encontró a Sally:

HARRY

¿Por qué no me cuentas la historia de tu vida?

SALLY

¿La historia de mi vida?

HARRY

Tenemos dieciocho horas por delante para matar el
tiempo hasta llegar a Nueva York.

SALLY

Con la historia de mi vida no llegaremos ni a Chicago.
Es decir, que de momento no me ha pasado nada. Por
eso voy a Nueva York.

HARRY

¿Para que te pase algo?

SALLY

Sí.

HARRY

¿Como qué?

SALLY

Como ir a la escuela de periodismo para ser
reportera.

HARRY

Y poder escribir sobre las cosas que les pasan a los demás.

SALLY

Es un modo de verlo.

HARRY

¿Y si no te pasa nada? ¿Y si vives allí toda la vida y no pasa nada? ¿Y si nunca conoces a nadie, nunca llegas a ser nada, y al final te mueres como mueren a veces algunas personas en Nueva York, sin que nadie se entere hasta dos semanas después, cuando empieza a notarse el olor en el portal?

Un tipo entra en un restaurante

Estoy cenando en un restaurante con varios amigos. Un conocido mío se acerca a la mesa. Tiene fama de ser muy simpático. Se divorció más o menos a la vez que yo. Me dice: «¿Cómo puedo localizarte?».

No lo podemos todo

Estoy sentada en una sala de proyección pequeña, esperando que empiece una película. La sala se llena. No hay asientos suficientes. La gente se amontona en los pasillos y mira alrededor sin saber qué hacer. Yo estoy al lado de mi amigo Bob Gottlieb, viendo lo que pasa. El director de la película decide resolver el problema pidiendo a los niños que están allí que compartan asiento. Observo la escena con creciente frustración. Al final, le digo a Bob: «Es muy fácil. Que traigan sillas plegables y las pongan en los pasillos».

Bob me mira y contesta: «Nora, no lo podemos todo».

Se me aclara el cerebro como por arte de magia.

Nora. No lo podemos todo.

Acaban de revelarme el secreto de la vida.

Aunque puede que sea un poco tarde.

Y por cierto

El otro día me compré un abrigo rojo, en las rebajas. Aunque todavía no me lo he puesto.

El strudel perdido o
Le Strudel Perdy
Mrs Herbst's
HOME MADE
STRUDLES & PASTRIES

La comida se esfuma.

No me refiero a la comida como hábito, a la comida como memoria, a la comida como metáfora, a la comida como lamento, a la comida como amor o a la comida como en aquellas famosas magdalenas que cita a todas horas la gente como yo, como si hubiera leído a Proust, cuando en la mayoría de los casos no lo ha leído. Me refiero a la comida como comida. La comida se esfuma.

Estoy hablando del strudel de col, que se esfumó de Manhattan allá por 1982 y que llevo veintitrés años buscando desde entonces.

El strudel de col está en la larga lista de cosas que me encantaba comer y antes siempre tenía a mano pero ya no, empezando por las natillas heladas; esta delicia se esfumó cuando yo tenía cinco años y mi familia se mudó a California, y desde entonces mi vida ha sido una sucesión de pequeños desamores.

El strudel de col del que hablo aquí se vendía en Mrs. Herbst's, una modestísima panadería húngara de la Tercera Avenida. Lo probé por primera vez en 1968, y no es mi intención ponerme sentimental pero tengo que decir que es casi lo único que recuerdo de mi primer matrimonio. El strudel de col se parece al strudel de manzana, solo que no es un postre; es más bien un *pirozhok*, una especie de empanada rellena de carne, una de las especialidades del Russian Tea Room, que también se ha esfumado. Se sirve con sopa o con un plato principal, como estofado o faisán al horno (no es que yo haya hecho nunca faisán al horno, pero no cabe duda de que estaría riquísimo con strudel de col). Tiene la corteza crujiente, escamosa y con el sabor a mantequilla del strudel de masa filo (arte que me propongo dominar en mi próxima vida, cuando también consiga pasar del primer capítulo de Proust), y lleva un jugoso relleno de col salteada que es a la vez dulce, salado y totalmente sorprendente, como todas las cosas buenas. Hace mucho tiempo comí ingentes cantidades de strudel de col y luego, no sé por qué, me olvidé de su existencia una temporada. Pienso en esa etapa como mi personal *temps perdu*, y me da pena por muchos motivos, entre otros que nunca se me ocurrió que mi querido strudel de col no me estaría esperando cuando volviera a acordarme de él.

Esto es Nueva York, claro. Esta ciudad es una caja de sorpresas. Los alquileres suben. La gente se hace mayor y sus hijos no quieren ocuparse del negocio. Y un buen día te encuentras en el East Side, buscando la panadería húngara que estaba ahí, que siempre ha estado ahí, que es un hito, por Dios, que forma parte del mobiliario y casi define un momento decisivo de la vida de la ciudad, y resulta que se ha esfumado sin que nadie se tomara siquiera la molestia de contártelo. Es triste. No tan triste como las cosas tristes de verdad, lo reconozco, pero es triste de todos modos. Por otro lado, la dureza del golpe se mitiga un poco con la posibilidad de que en alguna parte, de algún modo, encuentres el strudel perdido o seas capaz de reproducirlo. Y al principio conservas la esperanza. Luego conservas la esperanza contra toda esperanza. Y al final, pierdes la esperanza. Y ahí lo tienes: las tres fases del duelo cuando se trata de comida perdida.

No había forma de encontrar el strudel. Estuve horas en internet, buscando una receta, pero nada se parecía exactamente a mi strudel de col perdido. En un cóctel, asalté lamentablemente a un tal Peter Herbst, el editor de una revista, que según mi marido era pariente de la dinastía del strudel, pero resultó que no lo era. Hablé con George Lang, el famoso restaurador húngaro, y tuvo la amabilidad de enviarme una receta de strudel de col, pero intenté hacerla y no era lo mismo. (Lo cierto es que la solución a la mayoría de los accidentes verdaderamente trágicos relacionados con la comida perdida no está al alcance de la cocinera corriente, ni siquiera de una cocinera corriente como yo, que como es sabido se esmera de vez en cuando.)

Hará unos dos años, cuando me vi sumida en una ciénaga de desesperación por la pérdida del strudel de col y ya me era imposible caer más bajo, volvieron a romperme el corazón: el crítico gastronómico Ed Levine me dijo que el strudel que buscaba lo vendían, solo por encargo, en Andre's, una panadería húngara de Rego Park, en Queens. Ed no lo había probado pero me aseguró que solo tenía que llamar a Andre y él me haría un strudel. Me pareció increíble. Llamé inmediatamente a Andre. Dejé caer el nombre de Levine en voz tan alta que debieron de oírme hasta en Nueva Jersey. Dije que Ed me había dicho que Andre me haría un strudel de col por encargo, así que llamaba para encargarlo. Estaba dispuesta a encargar una tonelada en caso necesario. Y ¿saben qué? A Andre le traíamos sin cuidado tanto Ed Levine como yo. Me dijo que no. Que estaba liado con muchos otros tipos de strudel. Y se acabó.

Bueno, no se acabó.

Esta semana he vuelto a tener noticias de Ed Levine. Me escribió un correo electrónico para decirme que Andre había abierto otra sucursal en Manhattan, en la Segunda Avenida con la calle Ochenta y cinco. En el mostrador había strudel de col. Ni siquiera había que encargarlo: estaba ahí, esperando en la vitrina. Ed lo había probado. «Ahora entiendo por qué estabas tan obsesionada con el strudel de col», me dijo.

Al día siguiente fui con mi marido a Andre's. Era un espléndido día de invierno en Nueva York, o lo que yo entiendo por un espléndido día de invierno: casi sobraba el abrigo. Encontramos la panadería, que es también cafetería, entramos y pedimos un strudel de col caliente. Nos lo sirvieron. Me llevé el tenedor a los labios y lo probé.

No voy a decir que me estremecí (como Proust al probar la magdalena); tampoco diré que «las vicisitudes de la vida me resultaron indiferentes, sus desastres inofensivos, su brevedad ilusoria». Eso requeriría mucho más que un strudel de col. Pero el strudel de col de Andre era divino: crujiente pero jugoso, salado pero dulce, y con un sabor a mantequilla inimaginable. No era del todo idéntico al de la señora Herbst, pero sí igual de delicioso, si no más. Probarlo fue como dar marcha atrás al reloj, como borrar las consecuencias de un error; fue mejor que recuperar una blusa que te han perdido en la tintorería, o que te devuelvan un móvil que te has dejado en un taxi; fue una confirmación del no rendirse nunca y de la eterna fuente de la esperanza; fue muchas cosas; lo fue todo; no fue nada en absoluto; pero fue principalmente strudel de col.

Arrebato

Acabo de emerger a la superficie después de varios días en estado de arrebato… por un libro. Me ha encantado este libro. Me ha encantado segundo a segundo. Me ha transportado a su mundo. Me ha hecho recordar montones de cosas de mi vida. Estaba angustiada por el destino de sus personajes. Me sentía viva, y comprometida, y muy inteligente, a reventar de ideas, rebosante de recuerdos de otros libros que me encantaron. He redactado una docena de cartas imaginarias al autor, cartas que nunca llegaré a escribir y mucho menos a enviar. He escrito cartas de elogio. He escrito cartas plagadas de información personal de todo punto improcedente sobre mi experiencia con las cuestiones que trata el autor. Hasta escribí una carta de reproche por la muerte de uno de los personajes, que me dio una pena inmensa. Pero sobre todo he escrito cartas de gratitud: el estado de arrebato que me produce la lectura de un libro verdaderamente maravilloso es una de las principales razones por las que leo, y no me ocurre siempre, ni siquiera de vez en cuando, por eso, cuando me ocurre, me vuelvo loca.

Cuando era pequeña, casi todos los libros que leía me arrebataban. ¿Estoy idealizando mis primeras experiencias lectoras? No lo creo. Puedo nombrar tantos libros que leí y releí en la adolescencia: en especial los libros de Oz, que me obsesionaron… y muchos otros que figuraban entre mis favoritos y me fascinaron. Quise desesperadamente ser Jane Banks, vivir en Londres y tener de niñera a Mary Poppins; o Homer Price, y crecer en Centerburg con un tío que tenía una máquina de hacer donuts que nunca paraba de hacer donuts. Sara Crewe, la niña del clásico de Frances Hodgson Burnett, *La princesita*, era mi *alter ego*: no es que lo fuera en realidad, entiéndanme; era una niña mucho más educada que yo, pero me fascinó profundamente la historia de la niña rica a la que mandan a dormir a un cuchitril y ponen a fregar los platos en el elegante internado donde había sido una alumna mimada hasta la muerte de su padre. ¡Ay, quería ser huérfana! Leí *Historia de una monja* y, ¡ay, qué ganas de ser monja! ¡Quería naufragar en una isla desierta y quedarme varada en Krakatoa! Quería ser Ozma, y Jo March, y Ana Frank, y Nancy Drew, y Eloise, y Ana de las Tejas Verdes… y, al menos en mi imaginación, lo fui.

De pequeña leía casi siempre en la cama o en un sofá de ratán, en la terraza acristalada de la casa en la que crecí. Esto es raro: siempre que leo un libro que me encanta, me viene el recuerdo de todos los demás libros que me han arrebatado, y el recuerdo de dónde vivía, y del sofá en el que me sentaba a leer. Después de la universidad, cuando vivía en Greenwich Village, me senté en mi flamante sofá de pana ancha a leer *El cuaderno dorado*, de Doris Lessing, esa novela extraordinaria que cambió mi vida y la de muchas otras jóvenes en la década

de 1960. Conservo el ejemplar en rústica que leí entonces, con las esquinas de las páginas dobladas para marcar las docenas de epifanías que encontraba y poder localizarlas fácilmente. ¿Leerá hoy alguien *El cuaderno dorado*? No lo sé, pero en aquella época, justo antes de que estallara la segunda ola del feminismo, yo estaba electrizada por Anna, la heroína de Lessing, y su lucha por ser una mujer libre. El trabajo, la amistad, el amor, el sexo, la política, el psicoanálisis, la literatura, todas las cosas que me interesaban eran los temas que abordaba Lessing, y recuerdo bien cuántas veces dejé el libro, asombrada de su genialidad y su agudeza.

Pasamos a unos años después. El sofá está cubierto con una funda de color morado y estoy leyendo por puro placer: leo *El padrino*, de Mario Puzo, un libro divino que me arrastra en una corriente de delirio romántico. ¡Quiero ser un mafioso! No, no es del todo cierto. Vale, ¡quiero ser la mujer de un mafioso!

Al cabo de unos años, me divorcio. Nada extraño. El sofá y yo nos hemos mudado a un piso oscuro de la manzana de las Cincuenta Oeste. Es un fin de semana de verano, no tengo otra cosa que hacer y debería sentirme sola, pero no: estoy leyendo las obras completas de Raymond Chandler.

Seis años más tarde, otro divorcio. Llevo semanas incapaz de concentrarme, de estar tranquila, de leer nada de nada. La amiga que me ha acogido en su casa temporalmente me da las galeradas de *La gente de Smiley*. Me desplomo en la cama del cuarto de invitados y me rindo felizmente a John le Carré. Me encanta John le Carré, y me gusta todavía más su héroe, George Smiley, el espía con el corazón roto. Quiero que George Smiley recomponga su corazón. Quiero que se olvide de esa horrible exmujer que lo ha traicionado. Quiero que George Smiley se enamore. Quiero que George Smiley se enamore de mí. George Smiley, ahora que caigo, es justo el hombre con quien habría tenido que casarme. Tomo nota mental de escribir una carta a John le Carré y ofrecerle mi sabiduría en esta cuestión.

A todo esto, he perdido en el divorcio mi sofá morado y me compro uno nuevo, una maravilla de blandura, tapizado con un tejido agradable y cálido, con brazos reclinables y almohadones en los que te puedes hundir, dependiendo de si quieres leer sentada o tumbada. En este sofá he leído casi todos los libros de Anthony Trollope y todos los de Edith Wharton, dos autores muertos a los que ya no puedo escribir. Es una lástima. Me gustaría decirles que sus libros siguen siendo tan contemporáneos como cuando los escribieron. He leído todos los libros de Jane Austen, seis novelas de principio a fin, y he pasado días maravillosos preocupada por si la pareja de enamorados de cada uno de estos libros logrará superar los malentendidos, las objeciones, los recelos, los defectos de carácter, la diferencia de clase social y todos los demás obstáculos de su amor. Leí estas novelas en un estado de intriga tan intenso que nadie se creería que las había leído ya por lo menos otras diez veces.

Y, un día, por fin, leí la novela que probablemente sea el libro más arrebatador de mi vida adulta. En una *chaise longue*, en la playa, un espléndido día de verano, abrí la obra maestra de Wilkie Collins, *La dama de blanco*, probablemente el primer gran

libro de misterio de la historia de la literatura (aunque esta descripción apenas le hace justicia), y el mundo desapareció por completo para mí. Pasan los días mientras saboreo cada palabra, una a una. Cada minuto que estoy lejos del libro, fingiendo interés por la vida cotidiana, es una tortura. ¿Cómo he esperado tanto tiempo a leer este libro? ¿Cuándo puedo seguir leyendo? A mitad de la novela, vuelvo al trabajo, a Nueva York, para acabar una película, y estoy en el estudio de montaje, incapaz de concentrarme en nada que no sea que mi personaje favorito de la novela sobreviva. No podré soportar que le pase algo malo a mi querida Marian Halcombe. De vez en cuando levanto la vista del libro y veo una sala llena de gente que espera a que les diga si la música es demasiado suave o el trueno demasiado fuerte, y me parece imposible que no entiendan que lo que estoy haciendo es Mucho Más Importante. Estoy leyendo el libro más maravilloso del mundo.

Hay algo que se conoce como la atracción de las profundidades y es lo que le ocurre al buzo cuando pasa demasiado tiempo en el fondo del mar y no sabe cómo subir. Cuando emerge a la superficie, es probable que sufra el síndrome de descompresión y su organismo no pueda adaptarse a los niveles de oxígeno de la atmósfera. A mí me ocurre cuando vuelvo a la superficie después de sumergirme en un gran libro. El libro del que acabo de volver —del que hablaba al comienzo de este artículo— se titula *Las asombrosas aventuras de Kavalier y Clay*, de Michael Chabon. Trata de dos creadores de personajes de cómic, pero habla también de cómo los artistas crean magia y fantasía a partir de incidentes de la vida cotidiana. En un momento dado, hay una sala llena de polillas, y más adelante aparece una enorme mariposa luna posada en un arce del parque de Union Square, y todo esto se transforma en páginas posteriores en una heroína de cómic: Polilla Luna. El momento en que la imagen pasa de lo ordinario a lo fantástico fue tan mágico que tuve que apartar el libro. Estaba deslumbrada por el juego del autor y su habilidad para hacer una cosa tan difícil de un modo aparentemente tan fácil. La novela de Chabon transcurre en el Nueva York de los años cuarenta, y aunque hace más de una semana que acabé de leerla, todavía sigo dentro de ella. Fumo Camel, y Salvador Dalí está en una fiesta, en la habitación de al lado. Al final tendré que volver a respirar el aire del Nueva York de hoy, aunque puede que no sea necesario. Encontraré otro libro que me encante y me perderé en sus páginas. Deséenme suerte.

Cosas que me gustaría haber sabido

La gente solo tiene una forma de ser.

Compra, en vez de alquilar.

Nunca te cases con un hombre del que no te gustaría divorciarte.

No cubras un sofá con nada que no sea más o menos beis.

No compres nada que sea cien por cien de lana, aunque parezca muy suave y no pique demasiado cuando te lo pruebas en la tienda.

No seas amiga de gente que llama pasadas las once de la noche.

Bloquea a todo el mundo en la mensajería instantánea.

Hasta la mejor canguro del mundo se quema a los dos años y medio.

Nunca se sabe.

Los últimos cuatro años de psicoanálisis son dinero despilfarrado.

El avión no se va a estrellar.

Cualquier cosa que no te guste de tu cuerpo a los treinta y cinco años te producirá nostalgia a los cuarenta y cinco.

A los cincuenta y cinco años te saldrá una lorza justo encima de la cintura, aunque estés dolorosamente flaca.

Esta lorza de la cintura se notará sobre todo desde atrás y te obligará a reconsiderar la mitad de la ropa del armario, especialmente las camisas blancas.

Anótalo todo.

Lleva un diario.

Haz más fotos.

El nido vacío está infravalorado.

Puedes pedir más de un postre.

Nunca se tienen demasiados jerséis negros de cuello alto.

Si un zapato no te vale en la zapatería, nunca te valdrá.

Cuando los hijos llegan a la adolescencia, es importante tener un perro, para que alguien en casa se alegre de verte.

Haz copias de seguridad de los archivos.

Contrata pólizas de seguro de todo.

Cuidado si alguien te dice: «Nuestra amistad es más importante que esto», porque casi nunca lo es.

No vale la pena hacer la masa de la tarta casera.

Si te despiertas a media noche es por culpa de la segunda copa de vino.

Si decides divorciarte, ve derecha a un abogado y haz el papeleo.

Da buenas propinas.

Que nunca se enteren.

Si solo has elegido mal una tercera parte de la ropa que tienes, vas ganando la partida.

Si unos amigos te piden que seas la tutora de sus hijos en el caso de que mueran en un accidente de avión, puedes decir que no.

Los secretos no existen.

Podría ser peor

Cuando cumplí sesenta años celebré un fiestón en Las Vegas, que es una de mis cinco ciudades favoritas. Nos pasamos el fin de semana comiendo, bebiendo, jugando y divirtiéndonos. Uno de mis amigos ganó doce apuestas en la mesa de dados y todos nos llevamos algo de dinero, nos pusimos a dar gritos y alaridos, y me fui a la cama delirando de felicidad. El hechizo duró varios días, y así conseguí no pensar en lo que significaba todo aquello. La negación ha sido una constante en mi vida durante muchos años. De hecho, creo en la negación. Pensé que la única forma de sobrellevar un cumpleaños tan señalado era hacer todo lo posible por quitármelo de la cabeza. No tengo nada mejor que a los cincuenta, los cuarenta o los treinta, pero definitivamente tengo el mejor corte de pelo que he tenido en la vida, me gusta mi nuevo piso y, como se suele decir, podría ser peor.

Ahora tengo sesenta años desde hace cuatro, y cuando lean esto probablemente tendré sesenta desde hace cinco. He sobrevivido a cumplir los sesenta, no me hizo ilusión cumplir sesenta y uno, me hizo menos ilusión cumplir sesenta y dos, no me hizo demasiada gracia tener sesenta y tres, me sentó mal tener sesenta y cuatro y será horrible tener sesenta y cinco. Nunca hablo de estas cosas en persona, en persona soy alegre y optimista como Pollyanna. Pero la pura verdad es que es triste pasar de los sesenta. Todo son sombras alargadas: los amigos se mueren o enferman. Te envuelve un velo de melancolía que te obliga a reconocer que tu vida, aunque feliz y afortunada, ha estado llena de decepciones y errores, pequeños y grandes. Hay sueños que nunca se harán realidad, ambiciones que nunca llegarán a alcanzarse del todo. Hay, en suma, arrepentimiento. Edith Piaf cantaba una canción que se hizo famosa: *Non, je ne regrette rien*. Es una buena canción. Sé lo que quería decir. Lo entiendo. Podría alegar que no me arrepiento de nada. Al fin y al cabo, he sobrevivido a la mayor parte de mis errores, o los he transformado en anécdotas divertidas; o, a veces, incluso me han hecho ganar dinero. Pero lo cierto es que *je regrette beaucoup*.

Se escriben cientos de libros para mujeres mayores. Por lo que veo, todos son igual de optimistas y están plagados de tópicos y homilías sobre lo agradable que puede ser la vida cuando una se libera de las agobiantes ataduras de los hijos, de la regla y, en algunos casos, del trabajo a tiempo completo. A mí estos libros me parecen completamente inútiles, y lo mismo me ocurrió con todos los libros sobre la menopausia que leí en su día.

¿Por qué la gente escribe libros para decir que es mejor ser mayor que ser joven? No es mejor. Aunque estés en tus cabales, no eres capaz de acordarte del nombre de la persona con la que te encontraste antes de ayer. Aunque estés en perfecta forma, no puedes picar una cebolla como antes ni hacer unos kilómetros en bici sin necesitar luego una sesión de fisioterapia. Si trabajas, te ves rodeada de gente joven conectada al mercado laboral, a su generación y al *zeitgeist*; todos quieren tu puesto y no tardarán en conseguirlo. Si con suerte tienes una relación sexual, el sexo ya no es como antes. Además, no puedes ponerte bikini. ¡Cuánto lamento no haberme pasado un año entero en bikini a los veintiséis años! Si alguna joven está leyendo esto, que vaya ahora mismo a ponerse un bikini y no se lo quite hasta los treinta y cuatro.

El otro día me llamó la directora de una revista, una mujer que, como yo, tiene más de sesenta años. Querían sacar un número sobre el tema de la edad, y me propuso que escribiera algo. Cuando empezamos a hablar del asunto, me dijo: «¿Sabes lo que me saca de quicio? ¿Por qué las mujeres de nuestra edad dicen: "En mis tiempos…"? *Estos* son nuestros tiempos».

Pero no lo son. Son de los jóvenes. Nosotras solo vamos tirando. No podemos llevar tops ceñidos, no tenemos ni idea de quién es el rapero 50 Cent, y no sabemos utilizar casi ninguna función del teléfono móvil. Si nos equivocamos de botón con el mando a distancia y la pantalla del televisor se queda en blanco, no podemos volver a donde estábamos. (Esta es la mayor pesadilla del nido vacío: los hijos se han ido, y eran los únicos que sabían manejar el mando a distancia.) La tecnología es un fastidio. Ya no sé ni seleccionar mis emisoras favoritas en la radio del coche. Me hago un lío con las marchas de la bicicleta. ¡Ah, mi bicicleta! Y menos mal que nadie me ha regalado un reloj digital. De hecho, si algún amigo está leyendo esto, por favor que no me regale nunca nada digital.

Hace unos días fui de compras a unos grandes almacenes de Los Ángeles que, casualmente, tienen vaqueros de tiro alto, y me quedé pasmada al ver que la clienta que estaba delante de mí era Nancy Reagan. Así de vieja soy: Nancy Reagan y yo compramos en la misma tienda.

El caso es que le dije a la directora de la revista: «Estás equivocada, estás muy equivocada, estos no son *nuestros* tiempos, son *sus* tiempos». Pero no se dio por vencida. Insistió: «Bueno, tengo otra idea. ¿Por qué no escribes algo sobre la vergüenza de la edad?». Le contesté que para eso buscara a alguien que tenga solo cincuenta años. Yo ya superé hace mucho tiempo la vergüenza de la edad, si es que la tuve alguna vez. Me conformo con seguir aquí.

De todos modos, lo cierto es que no sé por qué se escriben tantas tonterías sobre la edad, aunque entiendo perfectamente que nadie quiera que le digan que hacerse mayor es un asco. Somos una generación a la que se ha inculcado que podemos conseguirlo prácticamente todo. Somos activos: qué narices, somos proactivos. Somos positivos. Tenemos poder. Nos tomamos en serio cualquier sugerencia. Si una pastilla sirve de algo, nos la tomamos. Si estar en la onda sirve de algo, nos metemos en la onda. Cuando tenemos noticia de la última crema facial disparatadamente cara que, según dicen, revierte el paso del tiempo, salimos a comprarla, a sabiendas de que las últimas cinco cremas faciales con las que nos tragamos el cuento no sirvieron absolutamente de nada. Hacemos crucigramas para prevenir el alzhéimer y comemos seis almendras al día para prevenir el cáncer; dejamos que nos hagan un escáner para ver si hay algo que cortar de raíz. Llevamos las riendas. Nos ponemos al volante. Estamos a la última. Hacemos listas. Sopesamos opciones. Navegamos por internet.

Pero hay cosas que son entera, definitiva y absolutamente incontrolables.

Estoy sorteando la palabra que empieza por M, pero no voy a andarme con evasivas. Cuando cruzas el umbral de los sesenta, las posibilidades de morir —o de contraer una horrible enfermedad que te acabe matando— se disparan. La muerte es una francotiradora. Ataca a personas que quieres, a personas que te caen bien, a personas que conoces: anda por todas partes. Podrías ser la siguiente. Luego resulta que no. Pero aun así podrías serlo.

Mientras, tus amigos se mueren, y además del vacío, el dolor, la culpa, te sientes absolutamente inútil. No puedes hacer nada. Todo el mundo se muere.

«¿Cuál es la respuesta?», le preguntó Gertrude Stein a Alice B. Toklas cuando Stein se estaba muriendo.

No hubo respuesta.

«En ese caso, ¿cuál es la pregunta?», dijo Stein.

Sí, exactamente.

Bueno, no es del todo exacto. Aquí van algunas preguntas a las que no paro de dar vueltas: ¿Hay que despilfarrar o hay que aprovisionar? ¿Hay que vivir cada día como si fuera el último, o ahorrar dinero por si acaso vives veinte años más? ¿La vida es demasiado corta o va a ser demasiado larga? ¿Trabajas todo lo posible o aflojas el ritmo para disfrutar del olor de las rosas? ¿Y cómo encajan los hidratos de carbono en todo esto? ¿De verdad tenemos que pasarnos los últimos años evitando el pan, sobre todo ahora que el pan en Estados Unidos es tan rico? ¿Y qué me dicen del chocolate? Tengo una pregunta para ti, Gertrude Stein: ¿Qué me dices del chocolate?

Mi amiga Judy murió el año pasado. Era la persona a quien se lo contaba todo. Era mi mejor amiga, mi hermana extra, mi verdadera madre, a veces incluso mi hija; era todo esto, y un día me llamó para decirme que le había pasado una cosa rarísima, que le había salido un bulto en la lengua. En menos de un año estaba muerta. Con sesenta y seis años. No tenía la más mínima intención de morirse, hasta el final. Tuvo una muerte horrible. Y ya no está. Me acuerdo de ella todos los días, hasta seis o siete veces al día. Este fin de semana, normalmente íbamos juntas a la feria de flores y antigüedades de

Bridgehampton. El biombo de la habitación de al lado lo encontró ella en una feria de antigüedades, y encima de la chimenea hay un cartel de una gaviota que me regaló hace solo dos veranos. Estamos en junio: el mes en el que alguna de las dos preparaba pudin de pan de maíz, una receta ridícula que nos encantaba y que se hace con miga de pan de maíz y leche de maíz en conserva. Ella lo hacía con nata agria y yo sin nata. «Hola, cielo», decía cuando me llamaba. «Hola, encanto.» «Hola, cariño.» Creo que nunca nos llamaba, a mí ni a nadie, por nuestro nombre de pila. Tengo su chal blanco de cachemira. Cuando murió, lo llevé puesto varios días seguidos. Me envolví con él. Hasta dormía con él. Ahora no lo soporto, porque siento que es lo único que me queda de mi Judy. Quiero hablar con ella. Quiero comer con ella. Quiero que me regale un libro que acaba de leer y que le ha encantado. Es mi pierna o mi brazo fantasma, y no puedo creer que esté aquí sin ella.

Unos meses antes de que le detectaran el bulto en la lengua, Judy y yo salimos a comer para celebrar el cumpleaños de una amiga. Había sido un año difícil: casi no habíamos pasado una sola semana sin recibir alarmantes noticias sobre la salud de alguien. En la comida, dije: ¿Qué vamos a hacer? ¿No deberíamos hablarlo? Nuestra vida se ha convertido en esto. Estamos rodeadas de muerte. ¿Cómo lo manejamos? Y la amiga que cumplía años dijo: Ay, por favor, no te pongas morbosa.

Sí. No seamos morbosas.

Por otro lado, yo quería hablar con Judy de la muerte. Antes de que cualquiera de las dos cayera enferma o estuviera muriéndose. Quería tener una conversación

sincera y hablar de Qué Nos Gustaría en el caso de…
Bueno, digo «en el caso de», aunque es uno de los detalles más raros de todo este asunto. La muerte en realidad no parece accidental o inevitable. Da la impresión de que… se puede evitar, en cierto modo. Y no es así. Todos sabemos que vamos a morir, pero una parte de nosotros no llega a creerlo del todo.

Yo quería tener esa conversación con Judy, para que cuando ocurriera lo inevitable las dos supiéramos cuáles eran nuestras intenciones y pudiéramos ayudarnos a morir como quisiéramos. Naturalmente, una vez que encontraron el bulto no hubo forma de tener esa conversación. Es mucho más fácil redactar las últimas voluntades cuando estás vivo que cuando, posiblemente, te estás muriendo; son las hipótesis definitivas. ¿Y qué habría cambiado si hubiéramos tenido esa conversación? Antes de enfermar, nadie tiene la menor idea de cómo va a sentirse cuando enferme. Podemos imaginar que seremos valientes, pero es igual de posible que nos entre el pánico. Podemos confiar en que encontraremos el modo de aceptar la muerte, pero es igual de fácil que acabemos llenos de rabia. No sabemos cuál va a ser el pronóstico, ni cómo vamos a reaccionar, ni qué alternativas tendremos. Ni siquiera sabemos si en algún momento llegaremos a conocer la verdad del pronóstico, porque la pregunta, en definitiva, es: ¿Qué es la verdad, y quién nos la va a decir, y querremos oírla?

Mi amigo Henry murió hace unos meses. Era de los que se suele llamar afortunados. Murió a los ochenta y dos años, y tuvo una vida plena, intensa y próspera. Había sobrellevado de maravilla la degeneración macular durante casi dos años, sin que la mayoría de sus amigos supieran que no veía, y luego escribió un libro en el que hablaba del proceso de quedarse ciego, un libro que probablemente sobreviva a todos sus demás logros, que fueron considerables. Murió de un infarto, mientras dormía plácidamente y rodeado de su familia, que lo adoraba. Un día antes de morir pidió que le llevaran una gran carpeta de acordeón marrón que tenía en su despacho. Guardaba en ella las cartas de amor que recibió cuando era más joven. Se las envió de vuelta a las mujeres que se las enviaron, acompañadas de notas preciosas para cada una de ellas, y destruyó las demás. También dejó indicaciones muy precisas para su funeral, incluso la música que quería: todo esto lo explicaba detalladamente en un archivo informático al que llamó «Salida».

Admiro muchísimo a Henry y su manera de enfrentarse a la muerte. Es un modelo de inspiración. Y, al mismo tiempo, no acabo de ver cómo hacer todo eso. En primer lugar, he conseguido perder todas mis cartas de amor. Tampoco es que fueran muchas. Y, aunque las encontrara y se las devolviera a los hombres que me las enviaron, les prometo que se quedarían perplejos. No he vuelto a saber nada de ninguno de ellos desde hace muchos años, y es evidente que a todos les resultó facilísimo olvidarme. Instrucciones para mi funeral sí creo que se me podrían ocurrir unas cuantas. Por ejemplo, si hay una recepción después del entierro, sé lo que me gustaría que sirvieran: esos canapés diminutos de William Poll, un local que está en la Avenida Lexington. Y champán estaría bien. Me encanta el champán. Es muy de fiesta. Pero por lo demás no tengo ni idea. Ni siquiera he pensado si quiero que me entierren o me incineren, principalmente porque siempre me ha preocupado que la incineración reduzca las posibilidades de reencarnarse. (Si es que existe tal cosa.) (Que sé que no existe.) (Y aun así.)

—No quiero morirme —dijo Judy.

—Creo en los milagros —dijo.

—Te quiero —dijo.

—¿Te lo puedes creer? —dijo.

No, no me lo puedo creer. Sigo sin poder creérmelo.

Pero no nos pongamos morbosas.

Pongámonos caritas sonrientes.

LOL.

Comamos, bebamos y disfrutemos.

Vivamos el momento.

La vida continúa.

Podría ser peor.

Y el siempre popular: «Piensa en la alternativa».

Mientras tanto, aquí estamos.

¿Qué hay que hacer?

No lo sé. Confío en que esto quede claro. Dentro de unos minutos habré terminado de escribir este artículo y volveré a la vida. Las ardillas han hecho una madriguera en el tejado y no sabemos qué hacer con ellas. Pronto lloverá; deberíamos meter en casa los almohadones. Necesito aceite de baño. Y eso me recuerda algo sobre el aceite de baño. Uso un aceite de baño que me encanta. Se llama aceite de limón del doctor Hauschka. Cuesta unos veinte dólares el frasco, y dura unas dos semanas si sigues las instrucciones. Las instrucciones dicen un tapón por baño. Aunque con un tapón no haces nada. Un tapón no es suficiente. Lo sé desde hace mucho tiempo. De todos modos, si algo me han enseñado los acontecimientos de los últimos años es que me sentiré idiota si me muero mañana y hoy he escatimado en aceite de baño. Así que uso bastante aceite de baño. Más de lo que se imaginan. Después de darme un baño, la bañera es tan peligrosa como un vertido de petróleo. Eso sí, gracias al aceite de baño me quedo suave como la seda. Voy a comprar más, ahora mismo. Adiós.

No me acuerdo de nada

No me acuerdo de nada

Para Richard y Mona

No me acuerdo de nada

Hace años que las cosas se me olvidan. Me pasa por lo menos desde los treinta. Lo sé porque entonces escribí algo sobre este asunto. Tengo pruebas. Por supuesto, no recuerdo exactamente dónde ni cuándo lo escribí, pero seguro que podría averiguarlo si hiciera falta.

Cuando empecé a olvidarme de las cosas, se me escapaban las palabras y los nombres. Hacía lo que normalmente hacen ustedes cuando les pasa lo mismo: buscar en un diccionario mental y tratar de imaginarme por qué letra empezaba la palabra y cuántas sílabas tenía. Al final, el objeto perdido volvía flotando a mi cabeza, y lo recuperaba. Nunca interpreté estos lapsus como augurios del destino; tampoco como signos de vejez o de senilidad real. Siempre sabía que lo que olvidaba volvería tarde o temprano. Una vez fui a una librería a comprar un libro sobre la enfermedad de Alzheimer y me olvidé del título. Me hizo gracia, entonces la tenía.

Hay una cosa que nunca he sido capaz de recordar: el título de esa película de Jeremy Irons. La que trata de Claus von Bülow. Ya saben cuál. Solo me acordaba de que tenía cuatro palabras, y de que la tercera era «Von». Durante muchos años esto no me molestó nada, porque no conocía a nadie que se acordara del título. Una noche fui al teatro con un grupo de ocho personas y nadie conseguía acordarse. Por fin, en el intermedio, alguien salió a la calle y lo buscó en Google; nos informó y todos prometimos recordarlo para siempre. Que yo sepa, los otros siete lo recordaron. Yo, en cambio, solo recuerdo que tiene cuatro palabras y que la tercera es «Von».

Por cierto: esa noche, cuando por fin pescamos el título, todos coincidimos en que era un mal título. No me extraña que no nos acordásemos.

Voy a buscar en Google el nombre de esa peli. Vuelvo enseguida…

El título es: *El misterio Von Bülow*.

¿Quién va a acordarse de un título así? No tiene nada que ver con nada.

En fin, lo importante es que hace años que las cosas se me olvidan, pero ahora se me olvidan de otra manera. Antes creía que podía recuperar lo perdido de un modo u otro, y guardarlo en la memoria. Ahora sé que no es posible. Lo que se fue se fue para siempre. Y lo nuevo no se queda.

La otra noche conocí a un hombre que me contó que

tenía un trastorno neurológico y era incapaz de recordar las caras de la gente. A veces se miraba en el espejo y no tenía la menor idea de a quién estaba mirando. No pretendo minimizar su dolencia, que seguramente es un síndrome con todas las de la ley y tiene un nombre largo que se escribe con mayúsculas, pero lo único que se me ocurrió decirle fue: Bienvenido a mi mundo. Hace un par de años, el actor Ryan O'Neal confesó que recientemente, en un funeral, no había reconocido a su hija Tatum, y que intentó ligar con ella sin darse cuenta. Todo el mundo lo criticó por esto. Yo no. Un mes antes, en un centro comercial de Las Vegas, una mujer muy agradable se me acercó, sonriendo y con los brazos abiertos, y pensé: ¿Quién es esa? ¿De qué la conozco? Cuando abrió la boca vi que era mi hermana Amy.

Pensarán ustedes: Bueno, ¿cómo iba a saber que su hermana estaba en Las Vegas? Lamento decirles que no solo lo sabía sino que había quedado con ella en ese centro comercial.

Todo esto me pone triste, y nostálgica, pero sobre todo me hace sentir vieja. Tengo muchos síntomas de vejez, aparte de los físicos. De vez en cuando me repito. Empleo la expresión: «Cuando era joven». Muchas veces no me entero del chiste, aunque hago como que sí. Si voy a ver una película o una obra de teatro por segunda vez es como si no la hubiera visto nunca, aunque la haya visto poco antes. No tengo la menor idea de quiénes son las personas que salen en la revista *People*.

Antes creía que mi problema era que tenía el disco lleno; ahora me veo obligada a reconocer que en realidad me pasa lo contrario: que se está vaciando.

Aún no he llegado al nadir de la vejez, a la Tierra de la Anécdota, pero estoy cerca.

Ya lo sé, ya lo sé: tendría que haber escrito un diario. Tendría que haber guardado las cartas de amor. Tendría que haber buscado un guardamuebles en Long Island City para todos los papeles que pensé que nunca necesitaría volver a mirar.

Pero no lo hice.

Y a veces me veo obligada a reconocer que no me acuerdo de nada.

Por ejemplo: conocí a Eleanor Roosevelt. Fue en junio de 1961 y yo iba a hacer mis prácticas de estudiante de políticas en la Casa Blanca de Kennedy. Todos los becarios de Wellesley/Vassar fuimos a Hyde Park para conocer a la antigua primera dama. Yo me moría de ganas de conocerla. Cuando era pequeña, en el estudio de casa teníamos una foto de Eleanor Roosevelt con mis padres, en un teatro, entre bastidores, en la representación de una obra que habían escrito ellos. Mi madre llevaba un corsé y Eleanor llevaba perlas. Esa fotografía siempre me pareció un icono, si es que empleo bien la palabra, en cuyo caso sería la primera vez. Éramos de los miles de estadounidenses (en su mayoría judíos) que llamaban estudio al cuarto de estar y en el estudio tenían fotos de Eleanor Roosevelt. Yo la idolatraba. No me podía creer que fuese a estar en una sala con ella. Bueno, me preguntarán, y cómo fue ese día con Eleanor Roosevelt en Hyde

Park. NO TENGO LA MENOR IDEA. No recuerdo qué dijo ni qué llevaba puesto; apenas guardo una imagen mental de la sala en que nos recibió, aunque recuerdo vagamente unas cortinas. Esto es lo que sí recuerdo: me perdí por el camino. Y desde entonces, cada vez que paso por Taconic State Parkway me acuerdo de que me perdí cuando iba a conocer a Eleanor Roosevelt. Pero de Eleanor Roosevelt no recuerdo nada.

En 1964 los Beatles vinieron a Nueva York por primera vez. Yo era reportera de un diario y me enviaron al aeropuerto a cubrir la llegada. Era viernes. Me pasé el fin de semana siguiéndolos a todas partes. El domingo por la noche salieron en el programa de Ed Sullivan. Se podría sostener que los sesenta empezaron esa noche, en el programa de Ed Sullivan. Fue una noche histórica. Yo estuve allí. Vi el programa desde el fondo del Teatro Ed Sullivan. Recuerdo que las fans eran horribles: adolescentes que gritaban hasta desgañitarse y se portaban como idiotas. Pero ¿cómo eran los Beatles?, me preguntarán. Pues a mí no me hagan esa pregunta. Apenas los oía.

Estuve en la marcha de Washington, protestando contra la guerra de Vietnam. Esto fue en 1967 y se convirtió en el acontecimiento más importante del movimiento pacifista. En la marcha había miles y miles de personas. Yo fui con un abogado con el que salía por aquel entonces. Nos pasamos la mayor parte del día en un hotel, en la cama. No me siento orgullosa de esto pero lo cuento para explicar por qué, sinceramente, no recuerdo nada de la protesta, ni siquiera sé si llegué al Pentágono. Creo que no. Creo que nunca he estado en el Pentágono. Pero no apostaría ni un penique a una cosa ni a la otra.

Norman Mailer escribió un libro entero sobre esta marcha. Se titula *Los ejércitos de la noche*. Tiene 336 páginas. Ganó el Premio Pulitzer. Y yo no soy capaz de redactar siquiera dos párrafos sobre el tema. Si nos conocieran ustedes, a Norman Mailer y a mí, y tuvieran que adivinar a quién de los dos le interesa más el sexo, seguro que dirían que a Norman Mailer. Se equivocarían mucho.

Aquí van algunas personas a las que conocí y de las que no recuerdo nada:

El juez Hugo Black
Ethel Merman
Jimmy Stewart
Alger Hiss
El senador Hubert Humphrey

> Cary Grant
> Benny Goodman
> Peter Ustinov
> Harry Kurnitz
> George Abbott
> Dorothy Parker

Estuve en el partido de tenis de Bobby Riggs y Billie Jean, aunque desde mi asiento no pude ver nada.

Me manifesté delante de la Casa Blanca la noche de la dimisión de Nixon, y esto es lo que puedo contarles de aquella ocasión: me robaron la cartera.

Fui a muchos conciertos de rock legendarios y estuve todo el tiempo pensando cuándo terminarían y dónde iríamos a cenar después, y si el restaurante seguiría abierto para entonces y qué pediría.

Fui como mínimo a cien partidos de los Knicks y solo me acuerdo de la noche en que Reggie Miller marcó ocho puntos en los últimos nueve segundos.

Fui a cubrir la guerra de Israel en 1973, pero mi terapeuta me prohibió tajantemente acercarme al frente de batalla.

No estuve en Woodstock, aunque podría haber estado porque igualmente no lo recordaría.

En cierto modo, he desperdiciado mi vida. Porque, si yo no la recuerdo, ¿quién la va a recordar?

El pasado se me escapa y el presente es una lucha constante. Me resulta imposible seguir el ritmo. Cuando era más joven conseguía superar mi resistencia a las cosas nuevas. Tras una breve fase de negatividad, me entusiasmé con el robot de cocina Cuisinart. Sentía curiosidad por la tecnología. Me volví una gran defensora de los blogs y del correo electrónico: me parecían románticos; hasta hice películas que hablaban de esto. Ahora, en cambio, creo que prácticamente cualquier novedad se ha traído al mundo para que yo me sienta mal, porque mi memoria es cada vez peor, y he construido un muro para protegerme de casi todo.

Al otro lado de ese muro hay muchas cosas, enviando señales. A la mayoría de ellas no les presto ninguna atención. Pasé mucho tiempo sin saber cuál era la diferencia entre suníes y chiíes, pero lanzaban tantas señales que al final no tuve más remedio que aprenderlo. De todos modos, no puedo evitar preguntarme: ¿Por qué me tomé la molestia? ¿No bastaba con saber que se caían mal? Además, de todas formas, ya se me ha olvidado.

Estas son algunas de las cosas de las que ahora mismo me niego a saber nada:

Las antiguas repúblicas soviéticas
Las Kardashian
Twitter
Todas las Mujeres ricas de Beverly Hills, los Supervivientes, los American Idols y los Solteros
El hermano de Karzai
El fútbol
El rape
Jay-Z
Cualquier bebida que se haya inventado después del cosmopolitan
En particular la que se prepara con hojas de menta machacadas. Ya saben cuál.

Voy a buscar el nombre de esa bebida en Google.
Vuelvo enseguida…

El mojito.

Vivo en los tiempos de Google, eso es incuestionable.
Y tiene sus ventajas. Si te olvidas de algo puedes sacar
el teléfono rápidamente y buscarlo en Google. El momento del lapsus mental ha dado paso al momento
Google, y suena mucho más amable, moderno, juvenil
y contemporáneo, ¿verdad? Si le pillas el truco al meca-
nismo de búsqueda casi puedes demostrar que estás al
día. Puedes engañarte pensando que ninguna de las personas sentadas a la mesa te considera una abuela. Y
encontrar el fragmento que falta es muy rápido. Se
acabó la pesadilla del momento del lapsus mental: la
larga búsqueda de la respuesta, las conjeturas, las recri-
minaciones a uno mismo, la perplejidad que te obliga a
pellizcarte, chasquear los dedos de frustración. Simplemente vas a Google y lo recuperas.

No puedes recuperar tu vida (a menos que estés en
Wikipedia; en ese caso, puedes recuperar una versión
inexacta de tu vida).

Pero puedes recuperar el nombre de ese actor que salía
en esa película, la de la segunda guerra mundial. Y el
nombre de esa escritora que escribió ese libro, el del lío
amoroso que tuvo con ese pintor. O el título de esa canción que cantaba esa cantante: la que hablaba de amor.

Ya saben cuál.

¿Quién eres?

Te conozco

Te conozco. Te conozco bien. Es verdad que siempre he tenido dificultades con tu nombre, pero sé cómo te llamas. Justo en este momento no lo sé. Estamos en una gran fiesta. Nos hemos saludado con un beso. Hemos tenido una conversación deliciosa sobre el hecho de que somos las dos últimas personas del mundo que no se besan en las dos mejillas. Ahora estamos hablando de lo falsa que es la gente que se besa en las dos mejillas. Jajajaja. Eres un encanto. Ojalá recordara tu nombre. Es imperdonable que no lo recuerde. Has cenado en mi casa. He intentado leer tu último libro. Sé cómo se llama tu novia, o casi lo sabía. Algo parecido a Chanelle. No, no es eso. ¿Chantelle? No, tampoco. Afortunadamente, ella no está, o sea que no me he olvidado del nombre de los dos. Empiezo a desesperarme. Es algo parecido a Larry. ¿Es Larry? No, no es eso. ¿Jerry? No, tampoco. Pero termina por «y». Tu apellido: tres sílabas. Empieza por «c». ¿O empieza por «g»? Me estoy volviendo loca. Pero ocurre un milagro: el anfitrión está a punto de brindar por el invitado de honor. Gracias a Dios. Puedo escaparme al bar.

¿Nos conocemos?

¿Nos conocemos? Creo que nos conocemos. Aunque no estoy segura. Nos han presentado, pero no me he quedado con tu nombre, porque hay mucho ruido en esta fiesta. Voy a dar por sentado que nos conocemos y no voy a decir: «Encantada de conocerte». Sé lo que pasará si digo eso. Que dirás: «Ya nos conocemos». Dirás: «Nos conocemos», en un tono casi irritado y agresivo. Y ni siquiera me dirás cómo te llamas para que pueda recuperarme un poco. Por eso no voy a decir «Encantada de conocerte». Voy a decir «Me alegro de verte». Voy a sonreír de oreja a oreja. No voy a parecer desesperada. Aunque pensaré: Por favor, dime tu nombre. Por favor, por favor, por favor. Dame una pista. Mi marido aparecerá en cualquier momento y tendré que presentarte, y no podré, y entonces te darás cuenta de que no tengo ni idea de quién eres, aunque puede que pasáramos un fin de semana juntos en un barco en 1984. Tengo una señal secreta con mi marido, que consiste en pellizcarle el antebrazo con mucha fuerza. La señal significa: «Dile a esta persona cómo te llamas, porque no tengo la menor idea de con quién estoy hablando». Pero mi marido siempre se olvida de la señal secreta, y no puedo contar con que responda al pellizco, ni siquiera cuando le hago un moratón. Me gustaría comerme crudo a mi marido por olvidarse de la señal, pero no estoy exactamente en situación de hacerlo, dado que yo también he olvidado (si es que he llegado a saberlo alguna vez) el nombre de la persona con la que estoy hablando.

Viejas amigas

¿Viejas amigas? Seguro. Estás encantada de verme. Estoy encantada de verte. Pero ¿quién eres? Ah, claro, eres Ellen. No me lo creo. Ellen. «¡Ellen! ¿Cómo estás? Ha pasado… ¿cuánto tiempo ha pasado?». Me gustaría insinuar que no te he reconocido a la primera porque te has hecho algo en el pelo, pero no te has hecho nada en el pelo, nada que pueda disculparme por no reconocerte. Lo que has hecho en realidad es envejecer. No me lo creo. Eras de mi edad, y ahora estás mucho, mucho, mucho mayor que yo. Podrías ser mi madre. A menos, claro, que yo parezca tan mayor como tú y no lo sepa. Pero eso no es posible. ¿O sí? Echo un vistazo alrededor del salón y me doy cuenta de que todo el mundo se parece a alguien, y cuando intento descubrir quién es exactamente ese alguien, resulta que es una versión anterior de la misma persona: más delgada o más sana, o de antes de haberse hecho la cirugía estética o más alta. Si le pasa a todo el mundo, a mí también me pasará. ¿No? Pero da igual: me estás hablando. «Maggie —dices—, ¡cuánto tiempo!». «No soy Maggie», digo. «Madre mía —contestas—, eres tú. No te había reconocido. Te has hecho algo en el pelo.»

Periodismo: una historia de amor

Recuerdo que, en mi primer año en el instituto, hubo un «día de la vocación», y tuvimos que elegir sobre qué vocación queríamos informarnos. Yo elegí el periodismo. No tengo la menor idea de por qué. Seguro que en parte fue por Lois Lane y en parte por un libro maravilloso que me regalaron unas Navidades: *A Treasury of Great Reporting*. La periodista que nos dio la charla vocacional trabajaba en la sección de deportes de *Los Angeles Times*. Era encantadora, y en algún momento de su intervención comentó que había muy pocas mujeres en la prensa escrita. Mientras la escuchaba, de pronto me di cuenta de que me moría de ganas de ser periodista, y de que ser periodista era probablemente una buena manera de conocer a hombres.

Así que no sé qué fue primero: si querer ser periodista o querer ligar con un periodista. Las dos ideas estaban completamente mezcladas.

Trabajé en el periódico del instituto y en el de la universidad, y una semana antes de graduarme en Wellesley, en 1962, encontré trabajo en Nueva York. Había ido a una agencia de empleo de la calle Cuarenta y dos Oeste. Le dije a la mujer que me atendió que quería ser periodista, y contestó: «¿Qué te parecería trabajar en la revista *Newsweek*?». Y dije que bien. Descolgó el teléfono, me concertó una cita y me mandó directamente al edificio Newsweek, en el número 444 de la avenida Madison.

El hombre que me hizo la entrevista me preguntó por qué quería trabajar en *Newsweek*. Creo que tendría que haber dicho algo así como «Porque es una revista muy importante», pero lo cierto es que a mí la revista no me despertaba ninguna emoción. Apenas la conocía. Por aquel entonces *Newsweek* era la hermana pobre de la revista *Time*. Así que contesté que quería trabajar allí porque quería ser escritora. La respuesta inmediata fue que las mujeres no se hacían escritoras en *Newsweek*. En la vida se me habría pasado por la cabeza llevarle la contraria o decir: «Pues ya verás que, en mi caso, te vas a equivocar». Entonces se daba por hecho que, si eras mujer y querías hacer determinadas cosas, tendrías que ser la excepción a la regla. Me contrataron para repartir la correspondencia, por 55 dólares a la semana.

Había encontrado un piso para compartir con una compañera de la facultad, en el número 110 de la calle Sullivan, en un edificio nuevo y horrible, de ladrillo blanco, entre Spring y Prince. El alquiler costaba 160 dólares al mes. El agente inmobiliario nos aseguró que el South Village era un barrio emergente y que estaba a punto de convertirse en el sitio de moda. Esto no ocurrió hasta veinte años después, y para entonces la zona se conocía como el SoHo y yo me había mudado hacía mucho tiempo. El caso es que el día de mi graduación cargué mis cosas en un coche de alquiler y me fui a Nueva York. Me perdí una sola vez: no sabía que no había que cruzar el puente George Washington para entrar en Manhattan. Recuerdo que me entró el pánico cuando vi que me había equivocado, que iba hacia Nueva Jersey y que quizá nunca encontraría un cambio de sentido; que seguiría conduciendo eternamente hacia el sur y que nunca llegaría a la ciudad a la que soñaba con volver desde que tenía cinco años, cuando mis padres, sin pensar en lo que hacían, me obligaron a mudarme a California.

Cuando por fin llegué a la calle Sullivan resultó que se estaba celebrando el Festival de San Antonio. No había sitio para aparcar en la manzana: estaban friendo *zeppole* en la puerta de mi casa. Yo nunca había oído hablar de los *zeppole*. Me encantó. Pensé que la feria duraría meses y que podría comer todo el algodón de azúcar que quisiera. Como es natural, una semana más tarde se había terminado.

En *Newsweek* no había chicos encargados del correo: solo chicas. Si tenías un título universitario (como yo) y habías trabajado en el periódico de la universidad (como yo) y eras chica (como yo) te contrataban para ocuparte del correo. Si eras un chico (no como yo) con exactamente la misma cualificación, te contrataban como reportero y te enviaban a una delegación en alguna parte de Estados Unidos. Esto era injusto, pero estábamos en 1962 y las cosas entonces funcionaban así.

Mi trabajo no podía ser más prosaico: las chicas del correo repartían el correo. De esto hace mucho tiempo, cuando había una enorme cantidad de correo, que llegaba en grandes sacas a lo largo del día. Pero yo no me limitaba a repartir el correo: era la chica de Elliot. Esto significaba que los viernes por la noche me quedaba hasta muy tarde, llevando y trayendo artículos de los redactores a los editores. Uno de los editores se llamaba Osborn Elliot. Muchas veces trabajábamos hasta las tres de la madrugada y teníamos que volver a primera hora del sábado, cuando cerraban las secciones de Nacional e Internacional. Era emocionante y muy absorbente, que es, en buena parte, la esencia del periodismo: uno llega a creer sinceramente que vive en el centro del universo y que el mundo espera en vilo el próximo ejemplar de la cabecera para la que trabajas.

Había máquinas de teletipos en una zona acristalada, al lado del vestíbulo, y una de mis tareas consistía en cortar el papel de los teletipos que enviaban los reporteros de las delegaciones y repartirlos entre los redactores y editores. Una noche llegó un télex relacionado con el dueño de *Newsweek*, Philip Graham. Yo había visto a Graham alguna que otra vez. Era alto, guapo y muy masculino, y las fotografías nunca captaban su atractivo físico y su virilidad; iba por la oficina dando voces, gastando bromas y sonriendo de oreja a oreja. Estaba en una fase eufórica de su trastorno maníaco depresivo, pero esto no lo sabía nadie; nadie sabía siquiera lo que era el trastorno maníaco depresivo.

Graham se había casado con Katharine Meyer, hija del dueño de *The Washington Post*, y ahora dirigía el periódico, además del imperio editorial que controlaba al *Newsweek*. Pero, según el télex, Graham estaba en plena crisis y tenía una aventura pública y notoria con una joven que trabajaba para la revista. Había tenido una actitud indecorosa en cierto acto social y había soltado un «joder» delante de todo el mundo. Decir esta palabra en aquella época era un escándalo. Es una de las cosas que me desquicia totalmente cuando veo películas ambientadas en los años cincuenta y a comienzos de los sesenta: que la gente dice «joder» cada dos por tres. Créanme que entonces nadie lo decía tan a la ligera como ahora. Y otra cosa: tampoco se bebía vino. Nadie entendía de vinos. Bueno, algunos sí, claro, pero la mayoría de la gente bebía alcohol fuerte en las cenas. Hace poco vi una película en la que comían pizza para llevar en 1948, y casi me da algo. En 1948 no existía la pizza para llevar. Casi no existía la pizza y casi no existía la comida para llevar. Este es el tipo de cosas

que sé, y son totalmente inútiles y ocupan demasiado espacio en mi cerebro.

La crisis de Philip Graham —que finalmente terminó suicidándose— era un motivo constante de murmuración entre los editores, y como yo leía todos los teletipos y me enteraba de todo, incluso de lo que murmuraban, me llamó la atención. Había una morgue en *Newsweek*: una biblioteca de recortes de prensa a disposición de los investigadores; este tipo de archivos son una de las mayores alegrías del trabajo periodístico. Fui al archivo, saqué todos los recortes que hablaban de Graham y los leí entre recado y recado. Me fascinó la historia de este hombre brutalmente atractivo y de la niña rica con la que se casó. Años más tarde, en la autobiografía de Kay Graham, leí sus cartas y vi que habían estado enamorados, aunque mientras miraba los recortes no podía imaginármelo. Parecía claro que Graham era un joven ambicioso que había planeado casarse con la hija de un millonario. Y, en ese momento, el matrimonio se desmoronaba delante de mis narices. Era un drama tan bestial que casi compensaba lo insignificante de mi trabajo.

Al cabo de unos meses, me ascendieron al siguiente peldaño que ocupaban las chicas en *Newsweek*: me pusieron a hacer recortes. La tarea consistía en recortar noticias de todos los periódicos del país. Nos sentábamos alrededor de una mesa, provistas de reglas para rasgar el papel y de lápices de cera, hacíamos pedazos los periódicos nacionales y llevábamos los recortes a las secciones correspondientes. Por ejemplo, si alguien curaba el cáncer en San Luis, enviábamos el recorte a la sección de Medicina. Hacer recortes era un trabajo horrible, y lo peor es que a mí se me daba bien. Pero aprendí algo: me familiaricé con los principales periódicos de Estados Unidos. No sé decir exactamente de qué me sirvió eso, aunque estoy segura de que me sirvió. Unos años más tarde, cuando me lie con un columnista del *Philadelphia Inquirer*, por lo menos sabía cómo era su periódico.

En el plazo de tres meses volvieron a ascenderme, esta vez al nivel más alto: me hicieron documentalista. «Documentalista» era una forma sofisticada —en realidad nada sofisticada— de llamar a quien verifica la información, que era esencialmente el objetivo del trabajo. Yo trabajaba en la sección nacional. Estaba contentísima de estar allí. No era un mal puesto seis meses después de haber salido de la universidad; además, me había especializado en ciencias políticas y por tanto trabajaba en una sección de la que algo sabía. Éramos seis redactores y seis documentalistas en la sección, y trabajábamos de martes a sábado por la noche, cuando cerraba la revista. La mayor parte de la semana no teníamos nada que hacer. Los redactores esperaban los dosieres de los reporteros de las delegaciones, que no llegaban hasta el jueves o el viernes. Por fin, el viernes por la tarde, todos escribían sus artículos y nos los daban a los documentalistas para su verificación. Verificábamos la noticia con toda la información que hubiera; de vez en cuando hacíamos llamadas de teléfono o un breve informe. Los redactores de las revistas de información de la época eran famosos por el uso de la expresión «tk», abreviatura de «to come» [pendiente]; siempre se encontraban frases como «Hay *tk* bombillas en la lámpara araña de la Cámara de Representantes», y parte del trabajo de las verificadoras consistía en averiguar cuántas bombillas había. Estos detalles eran trivialidades más que datos, pero así se diferenciaban las revistas de información de los diarios; el estilo llegó a su apogeo con Theodore H. White, un antiguo redactor de la revista *Time* que, en su serie de libros titulada *Making of the President*, incluía abundante información sobre cosas como la sopa favorita del presidente Kennedy. (Sopa de tomate con un chorrito de nata agria.) (Yo la tomé durante muchos años.)

En *Newsweek*, una vez verificados los datos y con la certeza de su exactitud, se subrayaba la frase. La verificación se daba por concluida cuando todas las palabras del artículo se habían subrayado. Un martes por la mañana nos esperaba en la redacción una crisis gigantesca: en uno de los artículos de la semana se había colado un error de ortografía: el nombre de Konrad Adenauer se había escrito con «c» en lugar de «k». La culpa no recayó en el redactor (hombre) que cometió el error en primera instancia, ni en ninguno de los muchos editores (hombres) y correctores (hombres) que editaron el texto, sino en las dos documentalistas (mujeres) que lo verificaron. Cuando les pidieron explicaciones, se enzarzaron en una discusión sobre cuál de las dos había subrayado la palabra «Conrad». «Ese subrayado no es mío», dijo una de ellas.

Ahora, con perspectiva, veo con cuánta inteligencia se había institucionalizado el sexismo en *Newsweek*. Por cada hombre, una mujer inferior. Por cada redactor, una machaca. Por cada rimbombante inventor de un detalle irrelevante-pero-desconocido, una esclava encargada de verificarlo e incluirlo. Por cada ejecutivo que cometía un error, una subrayadora a la que echar la culpa. Pero estábamos muy a principios de los sesenta, demasiado pronto para que yo me fijara en esas cosas y, además, empezaba a ver que probablemente nunca ascendería a redactora en *Newsweek*. Y, por cierto, si hubiera llegado a serlo, no tengo ningún motivo para creer que lo habría hecho bien.

La famosa huelga de periódicos de 114 días (que no fue una huelga sino un cierre patronal) empezó en diciembre de 1962, y uno de sus efectos colaterales fue que varios periodistas afectados por el cierre de sus periódicos vinieron temporalmente a la revista *Newsweek* como redactores. Uno de ellos era Charles Portis, un reportero del *New York Herald Tribune* con quien salí una temporada, pero esa no es la cuestión (aunque tampoco se aleja tanto de la cuestión); la cuestión es que a Charlie, que era un magnífico escritor, con un estilo absolutamente excéntrico y espectacular (más adelante se hizo novelista y escribió *Valor de ley*), no se le daban nada bien los artículos de estilo formulario y plano, sin firma de autor y con un estricto límite de líneas que se publicaban en *Newsweek*.

Para entonces yo había hecho amistad con Victor Navasky. Navasky era el editor de *Monocle*, una revista satírica, y daba la impresión de que conocía a todo el mundo. Conocía a personas importantes y a personas que te hacía creer que eran importantes por el mero hecho de que él las conocía. *Monocle* se publicaba esporádicamente, pero en sus páginas convivían personas de lo más variopintas, y allí conocí a algunos de los que serían mis amigos para toda la vida, como Annie, la mujer de Victor, Calvin Trillin y John Gregory Dunne. Victor también me presentó a Jane Green, que era editora de Condé Nast. Jane era mayor que yo —tenía unos veinticinco años—, muy elegante y cosmopolita, y también conocía a todo el mundo. Ella me descubrió la tortilla francesa, el queso Brie y el *vitello tonnato*. Intentó explicarme el significado de «pictórico», una palabra que empleaba a menudo. Me preguntó qué clase de judía era yo. Yo no tenía noticia de que hubiera distintas clases de judíos. Ella era judía alemana, lo cual no significaba que hubiera nacido en Alemania sino que sus abuelos eran alemanes. Aquello a Jane le encantaba. Yo no tenía la menor idea de que fuese importante. (Y, de hecho, no lo era; esos tiempos ya habían pasado.)

Podría seguir contando, y no terminaría nunca, las cosas que aprendí de Jane. Me explicó a De Kooning de pe a pa y me llevó al Museo de Arte Moderno a ver pop art y op art. Me enseñó la diferencia entre Le Corbusier y Mies van der Rohe. Jane había salido con varios periodistas y escritores famosos, y mucho antes de conocerlos yo ya sabía, por ella, algunos detalles de su intimidad. Al final me acosté con uno de ellos y ahí terminó mi amistad con Jane, pero no adelantemos acontecimientos.

Un día, alrededor de un mes después de que empezara el cierre patronal de los periódicos, Victor llamó para decirme que había conseguido recaudar diez mil dólares para hacer una serie de parodias de los diarios neoyorquinos, y me preguntó si me gustaría parodiar la columna de cotilleos de Leonard Lyons en el *New York Post*. Le dije que sí, aunque no tenía ni idea de qué hacer. Conocía a Lyons, iba todas las noches al Sardi's, un restaurante en el que mis padres cenaban a menudo cuando estaban en Nueva York, pero lo cierto es que nunca me había fijado en su columna. Llamé a mi amiga Marcia, que poco antes había cuidado de los perros del hijo de Leonard Lyons, y le pregunté de qué iba Lyons. Me explicó que su columna era un batiburrillo de anécdotas breves sin pies ni cabeza. Subí al archivo de *Newsweek*, leí la columna de Lyons de varias semanas y escribí la parodia. La parodia es un género muy extraño. He escrito solo una media docena de parodias en mi vida: son como un viento que te hace escribir en un estado casi de posesión. Para un escritor, es lo más parecido a actuar: a meterse brevemente en la piel de un personaje, hasta que pasa el trance.

Los periódicos paródicos de Victor —*The New York Pest* y *The Dally News*—* llegaron a los quioscos pero no se vendieron. Lo cierto es que los quiosqueros de la época no entendieron la parodia —esto fue mucho antes de la aparición de revistas satíricas como *National Lampoon* y *The Onion*— y la mayoría devolvió los ejemplares al distribuidor. Pero en el sector de la prensa los leyó todo el mundo. Eran muy divertidos. Los edi-

---

* *La Peste de Nueva York* y *Noticias atrasadas*. (N. de la T.)

tores del *Post* querían querellarse, pero Dorothy Schiff, la dueña del periódico, les dijo: «No seáis ridículos. Si pueden parodiar el *Post* pueden escribir para el *Post*. Contratadlos». Así que llamaron a Victor y Victor me llamó para preguntarme si me interesaría trabajar en el *Post*, de prueba. Claro que me interesaba.

Unos días después fui a las oficinas del *Post*, en la calle Oeste. Era un día gélido de febrero, y me perdí buscando la entrada del edificio, que efectivamente estaba en la calle Washington. Subí en el ascensor al segundo piso y recorrí el pasillo largo y destartalado que llevaba a la sección local. Me costó creer que la había encontrado. Era una sala grande y llena de polvo, con vistas al Hudson, aunque las ventanas estaban tan sucias que no se veía nada. Tres o cuatro editores se amontonaban en varias mesas, envueltos en la oscuridad del invierno. Me ofrecieron un reportaje de prueba en cuanto terminase el cierre patronal.

Por aquel entonces había en Nueva York siete periódicos, y el *Post* era el último de todos, en cuanto a la tirada. Siempre había sido un diario liberal que vivió sus días de gloria con James Wechsler como director, pero esos tiempos ya habían pasado. Aun así, seguía teniendo una sólida base de lectores fieles. A las siete semanas del cierre patronal, Dorothy Schiff se desmarcó de la Asociación de la Prensa y reabrió el periódico, y yo pedí dos semanas de permiso en *Newsweek* para empezar mi periodo de prueba. Me había preparado a base de estudiarme el *Post*, pero sobre todo con los consejos de Jane, que había trabajado unos meses en el periódico. Me explicó todo lo que necesitaba saber. Me contó que el *Post* era un diario vespertino y que sus noticias eran lo que se conoce como artículos «de fondo»; no había que confundirlas con las noticias que publicaban los diarios de la mañana. Eran crónicas, tenían un punto de vista, eran la razón por la que la gente compraba un periódico por la tarde además del de la mañana. En un periódico vespertino no se limitaban a usar la fórmula del quién, qué, dónde, cuándo, cómo y por qué. También me dijo que, cuando me hicieran un encargo, nunca dijera: «No lo entiendo», «¿Dónde está exactamente?» o «¿Cómo los localizo?». Vuelve a tu mesa, explicó, y ponte a pensar. Saca recortes del archivo. Busca en la guía telefónica. Busca en el callejero. Llama a amigos. Haz lo que sea menos preguntarle al editor qué tienes que hacer o cómo llegar a un sitio.

Empecé el período de prueba con la esperanza de que la sala de la sección local no tuviera el mismo aire de aquel oscuro día de invierno en el que estuve allí por primera vez, pero lo único distinto era que había más luces encendidas. En realidad, la sala era una reliquia: el decorado de una sala de prensa de la década de 1930. Las mesas eran viejas y las sillas estaban rotas. Todo el mundo fumaba y no había ceniceros; había cigarrillos encendidos apoyados en el borde de las mesas, que dejaban marcas oscuras de quemaduras. No había mesas suficientes para todos, y solo quienes llevaban veinte años allí tenían mesa o cajón propio; encontrar dónde sentarse era algo parecido al juego de las sillas musicales. Las ventanas nunca se limpiaban. Las puertas eran de cristal opaco y tenían tal capa de polvo que alguien había escrito con el dedo: «Guarros». A mí me importaba un bledo. Llevaba casi la mitad de mi vida queriendo ser reportera en un periódico y por fin encontraba una oportunidad.

Firmé cuatro piezas en la primera semana. Entrevisté a la actriz Tippi Hedren. Fui al acuario de Coney Island para escribir sobre las focas capuchinas que se negaban a aparearse. Entrevisté a un director de cine italiano: Nanni Loy. Cubrí un asesinato en la calle Ochenta y dos Oeste. El viernes por la tarde, me ofrecieron un puesto fijo en el periódico. Uno de los reporteros me invitó a tomar una copa esa noche, en un bar cercano llamado Front Page. Después fuimos en taxi por la avenida Madison y pasamos por delante del edificio Newsweek. Miré al undécimo piso, con todas las luces encendidas, y pensé: Están cerrando la edición de la próxima semana, y en realidad a todos les trae sin cuidado. Fue una revelación impactante.

Me encantaba el *Post*. Era un zoo, naturalmente. El editor era un depredador sexual. El jefe de redacción era un pirado. A veces parecía que la mitad de la plantilla estaba borracha. Pero me encantaba mi trabajo. El primer año, aprendí a escribir, porque cuando empecé apenas sabía. Los editores y correctores me enseñaron. Me enriquecieron mucho. Al principio me asignaron piezas breves, luego algunas más largas y, por fin, series de cinco entregas. Aprendí con la práctica y, al cabo de un tiempo, desarrollé un sentido instintivo de la estructura. Había un corrector genial, Fred McMorrow, que venía personalmente a devolverme el texto y me explicaba por qué hacía los cambios que hacía. No empieces nunca un artículo con una cita, me dijo. No uses otro verbo más que «decir». No dejes para el último párrafo algo que te interese de verdad, porque seguro que te quedas sin espacio. Había un gran editor de artículos, Joe Rabinovich, que ponía a raya mis ocasionales excesos estilísticos; me salvó de caer en la estupidez cuando Tom Wolfe empezó a escribir para el *Herald Tribune* y yo hice un intento lamentable de imitarlo. El editor ejecutivo, Stan Opotowsky, se presentó un día con una serie de encargos poco convencionales para mí. Escribí sobre olas de calor y de frío; cubrí la visita de los Beatles, la de Bobby Kennedy y el robo de la Estrella de la India.

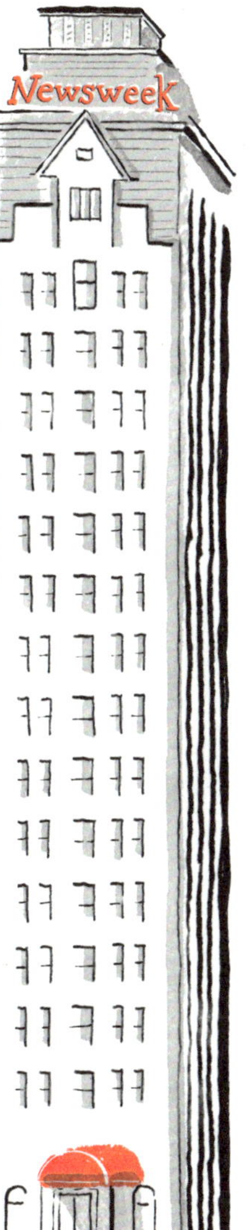

La plantilla del *Post* era escuálida, pero allí trabajaban más mujeres que en todos los demás periódicos de Nueva York juntos. El mejor redactor del *Post* era una mujer, Helen Dudar. «Hola, cielo, pásame con redacción.» Por aquel entonces, el periódico sacaba seis ediciones al día, entre las

once de la mañana y el cierre de la Bolsa, a las cuatro y media. Cuando estallaba una noticia, los reporteros de calle informaban de los detalles desde una cabina de teléfono, y los redactores escribían el artículo. La sala de la sección local estaba justo al lado de la sala de impresión, y el ruido —los redactores escribiendo a máquina, los impresores en la linotipia, la impresora de telégrafo y las bobinas de la prensa rodando— era una auténtica fantasía periodística.

Trabajé en el *Post* cinco años. Después, me dediqué a escribir para revistas. Yo creía en el periodismo. Creía en la verdad. Creía que cuando la gente aseguraba que se habían tergiversado sus declaraciones era porque le costaba reconocer sus palabras al verlas escritas en las frías y duras letras de imprenta. Creía que, cuando los activistas políticos afirmaban que los medios de comunicación conspiraban contra ellos, no tenían ni idea de que la mayoría de las empresas eran demasiado ineptas para urdir una conspiración. Creía tener un temperamento idóneo para el periodismo, por mi cinismo y mi desapego emocional; a veces admitía que estos rasgos eran defectos del carácter, pero en el fondo no lo creía.

Me casé con un periodista, y no salió bien. Pero luego me casé con otro y sí.

Ahora sé que la verdad no existe. Que las declaraciones de la gente se tergiversan continuamente. Que los medios de comunicación son un hervidero de conspiraciones (y que, en cualquier caso, la ineptitud es una forma de conspiración). Que con cinismo y desapego emocional no se llega demasiado lejos.

Pero estuve enamorada del periodismo muchos años. Me encantaba la sala de la sección local. Me encantaba el lote completo. Me encantaba fumar, beber whisky escocés y jugar al póquer. No sabía de nada y había elegido una profesión que no requería saber demasiado. Me encantaba la velocidad. Me encantaban los plazos de entrega. Me encantaba que se utilizara el periódico del día anterior para envolver el pescado.

Una historia así no se puede inventar, era una frase que yo decía a menudo.

Desde que era pequeña, había sabido que tarde o temprano viviría en Nueva York y que todo lo demás sería un interludio. Había pasado todos esos años imaginando cómo sería Nueva York. Creía que sería la ciudad más emocionante, mágica y llena de posibilidades en la que se podía vivir; un lugar donde, si uno quería algo de verdad, podía conseguirlo; un lugar en el que estaría rodeada de gente a la que me moría por conocer; un lugar en el que podría llegar a ser lo único que valía la pena: periodista.

Y resultó que tenía razón.

La leyenda

Mi familia vivía en la zona de los llanos de Beverly Hills, en una casa de estilo español. Mis padres tenían muchos amigos, casi todos neoyorquinos, que trabajaban en el negocio. Así se llamaba al sector del cine: «el negocio». (A quienes no trabajaban en el negocio se los llamaba «civiles».) Los hombres eran guionistas de cine o televisión. Sus mujeres no hacían nada. Entonces se las llamaba «amas de casa», aunque ninguna se dedicaba a las tareas domésticas: todas tenían cocineras y criadas. Nuestra madre también tenía ayuda doméstica pero ella era distinta: trabajaba. «Tendrás que decirles que tu madre no puede ir porque tiene que trabajar.» Mi madre decía esta frase varias veces al año; le servía para librarse de las reuniones de la Asociación de Padres y cosas por el estilo, pero también para darnos a entender que estaba un peldaño por encima de las demás madres. Estaba incluso un peldaño por encima de otras mujeres profesionales: había unas cuantas mujeres en el sector —como la diseñadora de vestuario Edith Head, con quien mi madre me llevó un día a comer—, pero no tenían hijos además de una carrera. Mi madre sí. También servía comidas deliciosas, que era otra forma de restregar sus cualidades. Sabía conservar al servicio doméstico. Y, para colmo, vestía de maravilla.

Esto era mucho antes de que existiera el concepto de tenerlo todo, pero mi madre lo tenía todo. Hasta que destrozó esta historia volviéndose una loca alcohólica. Pero eso fue después.

Todos los días, cuando mis padres volvían del trabajo, nos reuníamos en el cuarto de estar. Ellos se tomaban una copa y a nosotras nos daban *crudités* (aunque entonces no se llamaban *crudités*; se llamaban zanahoria y apio). Luego cenábamos en el comedor. Se calentaban los platos antes de servirlos y se servían bolas de mantequilla hechas con cucharas de madera. Tomábamos entrante, plato principal y postre. Creíamos que todo el mundo vivía como nosotros.

En nuestra mesa, a la hora de cenar, se hablaba de política y de los libros que leíamos. Contábamos anécdotas divertidas que habían pasado ese día en el colegio. Hacíamos mímica. Mi madre, que había sido directora de campamentos infantiles, nos guiaba en las canciones. Cantábamos: «*Under the spreading chestnut tree*», abriendo los brazos y sacando pecho. También cantábamos: «*The bells they all go tingalingaling*», dando con las cucharas en los vasos. Aprendimos a creer en Lucy Stone, el New Deal, Norman Thomas y Edward R. Murrow. Nos enseñaron que la religión organizada era la raíz de todos los males y que Adlai Stevenson era Dios. Nos adoctrinaron en las normas de mi madre: No comprar nunca un abrigo rojo. La carne roja evita las canas. *Puedes* levantarte de la mesa pero *mejor que no* te levantes de la mesa. Las fajas te destrozan los músculos abdominales. El fin y los medios son lo mismo.

Y nos contaban historias: crecimos con ellas. Historias de cómo se conocieron y enamoraron mis padres. Cómo se escaparon del campamento en el que trabajaban para casarse y poder dormir en la misma tienda de campaña. Que la tía de mi madre, Minnie, fue la primera mujer dentista de la historia mundial. Y por último —y esto es adonde lleva todo esto—, de cuando mi madre echó de casa a Lillian Ross.

Esto no era una historia cualquiera: era una leyenda.

Parece ser que Lillian Ross fue a una de las fiestas de mis padres. Más o menos una vez al año, daban una cena por todo lo alto, para unas cuarenta personas, con mesas y sillas de Abbey Rents. Servían la comida deliciosa de nuestra cocinera de siempre, y mi madre se ponía, para la ocasión, un vestido de Galanos. Invitaban a todos sus amigos: Julius J. Epstein (*Casablanca*), Richard Maibaum (*El reloj asesino* y, más adelante, las películas de James Bond), Richard Breen (*Dragnet*), Charles Brackett (*Ninotchka* y *El crepúsculo de los dioses*), y Albert Hackett y su mujer, Frances Goodrich, que cosechaban los mayores méritos (*La cena de los acusados, Siete novias para siete hermanos, Qué bello es vivir, El diario de Ana Frank*). Yo veía las fiestas desde el segundo piso, asomada a la barandilla de la escalera, y oía tocar el piano a Herbie Baker (*La chica no puede remediarlo*) después de cenar. Una vez vi a Shelley Winters, que salía con Liam O'Brien (*Siempre tú y yo*), y otra vez vinieron Marge y Gower Champion. Esa fue la mayor reunión de estrellas que hubo en casa.

Una noche mis padres invitaron a St. Clair McKelway. McKelway era un famoso columnista del *New Yorker* que había escrito un par de películas. Llamó antes de la cena para preguntar si podía traer a una amiga, Lillian Ross. ¿La conocía mi madre? Por supuesto que la conocía. Todas las semanas recibíamos por correo el *New Yorker*, que, junto con el dominical del *New York Times* y el *Saturday Review of Literature* eran de lectura obligatoria para la diáspora de gente inteligente afincada en Hollywood; leer esas publicaciones les hacía sentir que no se habían perdido nada, que podían volver a la costa este en cualquier momento.

Lillian Ross era joven por aquel entonces, aunque ya era famosa por sus reportajes en el *New Yorker* y por su habilidad para hacer que sus personajes pareciesen memos. Justo acababa de publicar una semblanza demoledora de Ernest Hemingway y estaba en Los Ángeles haciendo un reportaje sobre John Huston y el rodaje de *Medalla roja al valor*. Mi madre le dijo a St. Clair Mc-

Kelway que podía traer a Lillian Ross, con la condición de que Ross prometiera no publicar nada sobre la cena.

Y Lillian Ross vino a la fiesta. Antes de cenar le pidió a mi madre que le enseñara la casa. Mi madre la llevó de gira por la casa y, en un momento dado, Ross señaló una foto de mis tres hermanas y yo.

—¿Son tus hijas? —le preguntó a mi madre.

—Sí.

—¿Las ves alguna vez?

Y ese fue el detonante.

Mi madre llevó a Lillian Ross abajo, donde estaba McKelway.

—Fuera de aquí —les dijo.

Y Lillian Ross y St. Clair McKelway se marcharon.

Esta era la leyenda de mi madre y Lillian Ross. A mi madre le encantaba contarla. Era prácticamente una película de vaqueros. Nos habían educado en la creencia de que una mujer podía con todo y Lillian Ross se había atrevido a cuestionarlo. En nuestra casa. Por eso la echó mi madre.

A mí me encantaba esta historia. Me encantaban todas las historias que demostraban que mi madre tenía razón y los demás se equivocaban, sobre todo porque una parte de mí, inevitablemente, quería que mi madre fuera exactamente igual que las demás madres.

Tardé por lo menos diez años en empezar a ponerlo en duda. ¿Había ocurrido de verdad? Oímos montones de historias a lo largo de la infancia y, cuando nos hacemos mayores, de repente descubrimos algo que no pasa la prueba olfativa. En cierto modo, son demasiado redondas. Y lo que más fastidia es el *coup de grâce*, la perfecta elección de la frase final. En las memorias que escribió mi padre figuran varios episodios totalmente increíbles, en los que manda a tomar por culo a gente como Darryl Zanuck. La leyenda de mi madre y Lillian Ross era una versión de estas historias: demasiado buena para ser verdad.

Mi madre se volvió alcohólica cuando yo tenía quince años. Fue extraño. No era alcohólica, y de la noche a la mañana se había vuelto una borracha perdida. Se bebía una botella de whisky todas las noches. Alrededor de medianoche salía de su dormitorio dando voces y portazos, y nos aterrorizaba a todos. Mi padre también bebía, pero él era un bebedor blando y sentimental, y en cierto modo, su alcoholismo parecía más benigno.

Cuando me fui a estudiar a Wellesley, el trabajo de mis padres en el cine se había agotado, pero conseguían pasar unas horas al día más o menos sobrios para hacer alguna colaboración; escribieron una obra de teatro de éxito, *Regalo para soltero*, sobre una familia del sur de California cuya hija se va a estudiar a una facultad femenina de la costa este. En la obra se citaban fragmentos de las cartas que yo les escribía desde Wellesley, y se estrenó en Broadway, en mi último año de carrera, con Art Carney en el papel del padre y Elizabeth Ashley en el de la hija. En Wellesley lo sabía todo el mundo, y también conocían a mi famosa madre, la escritora que podía con todo.

Yo no esperaba que mis padres vinieran a mi graduación, pero unos días antes, mi madre me llamó para decirme que había decidido venir. Se presentó en la cúspide de su elegancia, con su traje de chaqueta, tacones de diez centímetros y unos pendientes con un broche a juego. Se quedó a dormir dos noches en la residencia, en la habitación de al lado de la mía. Yo, despierta en la cama, oía sus murmullos ebrios al otro lado del tabique, que era como papel de fumar. Me daba pánico que saliera de la habitación al salón de Tower Court y me humillara delante de mis compañeras, que apareciera tambaleándose, entre gritos y portazos, y mis amigas descubrieran la verdad.

Pero ¿cuál era la verdad?

Me habían adoctrinado en el relato original, y mi fe era inquebrantable. Mi madre era una diosa.

Pero mi madre era alcohólica.

Los padres alcohólicos son muy desconcertantes. Son tus padres, y por eso los quieres; pero son unos borrachos, y por eso los odias. Pero los quieres. Pero los odias. Tienen momentos en los que siguen siendo las personas a las que de pequeña idolatrabas; tienen momentos en

los que no te puedes imaginar que alguna vez no hayan sido unos monstruos. Y al final se convierten en monstruos a tiempo completo. Las personas que fueron tienen un inmenso poder sobre ti —tardarás cuarenta años en comprarte un abrigo rojo (y te lo pondrás solo una vez)—, mientras que las personas en las que se han convertido no tienen el más mínimo poder sobre ti.

Mucho tiempo antes de que mi madre muriera, quise que mi madre se muriera. Por fin se murió, y no pensé: ¿Por qué pensaba eso? ¿Qué me pasaba? ¿Qué clase de persona quiere que su madre se muera? No, no me pasó eso en absoluto. Mi madre se había convertido en una pesadilla total. Se emborrachó hasta morir, a los cincuenta y siete años.

Yo tenía treinta años cuando murió. Después de trabajar cinco años como reportera, empecé a escribir por mi cuenta para varias revistas. Trabajé para *Esquire* en los últimos días del director Harold Hayes, y para la revista *New York* en los primeros días de Clay Felker. Eran tiempos de vértigo. Las revistas como *Esquire* y *New York* representaban el espíritu de la época, y sus colaboradores (en su mayoría hombres) eran una panda de idiotas arrogantes. Creían que habían inventado la no ficción, y para nada; y hasta creían que habían inventado la costumbre de reunirse en restaurantes y trasnochar. En aquellos tiempos, a la gente le interesaban muchísimo las revistas, la llegada de un nuevo número de *Esquire* a los quioscos era un bombazo y formar parte de todo aquello era divertidísimo. Yo escribía para *Esquire*. Escribía una columna sobre mujeres. En el mundo de la prensa, en mi mundillo, era un poco famosa.

Nunca conocí a Lillian Ross, pero de vez en cuando me acordaba de ella. Había leído todos sus primeros trabajos y la admiraba muchísimo, aunque ya había dejado de firmar semblanzas y ahora escribía principalmente artículos anónimos en la sección «Talk of the Town» del *New Yorker*. Se rumoreaba que tenía una aventura con el director de la revista, William Shawn, y (de lejos) daba la sensación de que había sucumbido al conjuro maléfico de formalidad que Shawn había lanzado sobre la revista.

Entonces había una guerra fría en el mundo de las publicaciones periódicas, entre nosotros, los del *Esquire* y *New York*, y los del *New Yorker*. Ellos tenían una vida envidiable, con contratos y seguro de salud, y podían dedicar meses a sus artículos; nosotros, en cambio, íbamos siempre con la lengua fuera. Ellos fingían humildad y despreciaban el éxito; nosotros nos creíamos importantísimos y tratábamos de subir puestos. Ellos eran los consagrados; nosotros, los herejes. Ellos veneraban al archiconocido y muy reservado «señor Shawn» y decían su nombre en voz baja, como si fuera el rabino Baal Shem Tov; nosotros saltábamos de Harold a Clay y vuelta a empezar. Ellos nos consideraban unos ególatras; nosotros a ellos, unos bichos raros.

Yo era el tipo de persona que Lillian Ross aborrecería, si llegara a saber de mi existencia; esa impresión me dio una noche de 1978, cuando me llevaron a conocerla. Estábamos en una fiesta, en casa de Lorne Michaels, el productor del programa *Saturday Night Live*. Lillian Ross llevaba ocho años escribiendo una semblanza de Lorne.

—Tenéis que conoceros —dijo Lorne cuando nos presentó. Vi inmediatamente que Lillian Ross no compartía el imperativo—. Tenéis mucho en común —añadió, mientras nos sentaba en el sofá.

—Encantada de conocerte —dije.

—Igualmente —contestó.

Era una mujer muy pequeña, con el pelo corto y rizado, y los ojos azules. Sonrió y esperó a que yo rompiera el hielo.

Yo tenía un objetivo: averiguar si la historia que contaba mi madre era cierta, y averiguarlo sin delatar nada. No quería que Lillian Ross supiese que era un personaje de nuestra saga familiar, y no quería delatar a mi madre, contando que Ross seguía presente en nuestra casa tantos años después de su breve aparición. Quería que mi madre ganara el duelo, tanto si había ocurrido como si no.

Pero ¿cómo hacer la pregunta? Decir: «¿Es verdad que mi madre te echó de casa?» me parecía demasiado atrevido. Decir: «Creo que conoció a mi madre» me parecía remilgado, aún más si Ross se acordaba del incidente.

No se me ocurría qué hacer.

Así que empecé diciendo que era una gran admiradora suya. Me dio las gracias y esperó a que añadiese algo. Interpreté que eso significaba que nunca había leído un texto mío, o que mi trabajo le parecía pésimo, o quizá —ya sin saber a qué atenerme— que no tenía la menor idea de que yo escribía.

Le pregunté por su hijo y le hablé del mío. Sé por experiencia que solo los amigos más íntimos se interesan sinceramente por tus hijos, pero eso nos sirvió para seguir fingiendo un rato.

Entonces le pregunté si seguía escribiendo la semblanza de Lorne, tal como había oído decir. Dijo que sí. Otra pausa. Estaba claro que Lillian Ross no tenía intención de allanarme el camino. Empezaba a fastidiarme. Le pregunté si era verdad que llevaba ocho años escribiendo ese artículo sobre Lorne. Dijo que sí. ¿Y cuándo cree que terminará? Le hice esta pregunta con la esperanza de parecer ingenua, pero no la engañé. No tengo ni idea, dijo. En el *New Yorker* no nos meten prisa.

Esto me aclaró una cosa: sabía quién era yo.

Seguí insistiendo: le pregunté por qué había dejado de firmar sus semblanzas. Pensé que le había hecho la pregunta con inteligencia, con la mayor delicadeza. Le dije que me encantaban sus artículos, que los echaba mucho de menos y que me intrigaba por qué había dejado de escribirlos. Contestó que había dejado de firmarlos porque la mayor parte del periodismo que se hacía en las revistas en esos tiempos le parecía un ejercicio de egocentrismo y autobombo.

Tuve que reconocerlo: tenía razón.

Y entonces Lillian Ross respondió a la pregunta que yo no le había hecho.

—Estuve una vez en tu casa —dijo—. Conocí a tu madre.

—¿Ah, sí? —contesté, fingiendo ignorancia absoluta.

—Pero a ti no te vi —añadió.

Y listo.

No hubo pregunta.

Había ocurrido.

He visto a Lillian Ross muchas veces desde esa noche. Sigue escribiendo para el *New Yorker*, pero la revista ya no publica artículos sin firma. En algún momento escribió un testimonio en primera persona sobre su relación con el señor Shawn, con lo que, en cierto modo, desveló el misterio. Creo que es tan egocéntrica y se da tanto bombo como el que más, y lo digo como un cumplido.

Pero en realidad lo importante aquí no es Lillian Ross. Lo importante es mi madre. Yo perdí mi fe en ella mucho antes de que muriera. Sin embargo, esa noche, con Lillian Ross, la recuperé; recuperé a la madre a la que idolatraba antes de que todo se fuera al carajo. Recuperé la versión sencilla. Mi madre echó de casa a Lillian Ross con toda la razón del mundo. La leyenda era cierta.

Mi Aruba

Siento comunicarles que tengo un Aruba.

Ustedes no saben lo que es un Aruba pero están a punto de enterarse.

Mi Aruba se llama así por la isla caribeña, donde el viento es tan fuerte que todos los árboles de la isla son pequeños y están inclinados hacia un lado, en la misma dirección. Pero mi Aruba no es una isla. Es lo que me está pasando en el pelo, en la coronilla, en la parte de atrás. Mis remolinos han ganado y van todos hacia un lado, dejando un hueco pequeño. No es exactamente una calva. Está ahí cuando me despierto; cuando me peino desaparece y luego, al cabo de unas horas, aparece de nuevo. Una ráfaga de viento, un paseo corto, un viaje en metro o la vida misma: cualquier cosa hace que el pelo se me vaya hacia un lado y me deje a la vista el cuero cabelludo en la parte de atrás de la cabeza.

El caso es que yo no lo veo.

Ni siquiera cuando me miro de reojo en un escaparate llego a verlo, porque lo tengo detrás.

Por delante me veo bien.

Parezco tan joven como cualquier persona de mi edad.

Pero por detrás, parece que me he olvidado de peinarme o que estoy ligeramente calva.

Ninguna de las dos cosas es verdad: lo juro.

Lo que es verdad es que soy mayor de lo que aparento y que mi Aruba es una señal. No lo tenía cuando era joven, pero ahora lo tengo.

Esto no es lo peor de hacerse mayor, pero es muy descorazonador.

Y casi nadie te dice que lo tienes.

Hay ciertas cosas que nadie te dice y luego vuelves a casa y te das cuenta de que has estado todo el día dando vueltas por ahí con ellas. Me refiero, por ejemplo, a restos de espinaca entre los dientes, o una etiqueta colgada del cuello, o un trozo de papel higiénico en la suela del zapato. Me refiero a esas bolitas negras que te salen a veces en las comisuras de los ojos o al rímel corrido. Me refiero a la pelusa.

Es muy triste mirarse en el espejo del cuarto de baño por la noche y ver que llevas noventa minutos con restos de espinaca en los dientes. O de perejil, que es mucho más peligroso. Y ninguno de tus amigos te quiere lo bastante para decírtelo.

Esto duele mucho más si uno piensa lo fácil que es decirle a alguien que tiene espinaca en los dientes. Solo hay que decir: «Tienes espinaca en los dientes».

Pero ¿qué le dices a una persona que tiene un Aruba... sobre todo si tenemos en cuenta que hasta que yo he escrito este artículo no existía una palabra para describirlo?

Ahora que he dado con el término, les agradecería que me dijeran que tengo un Aruba cuando lo vean. Para que pueda arreglarlo. Al menos temporalmente.

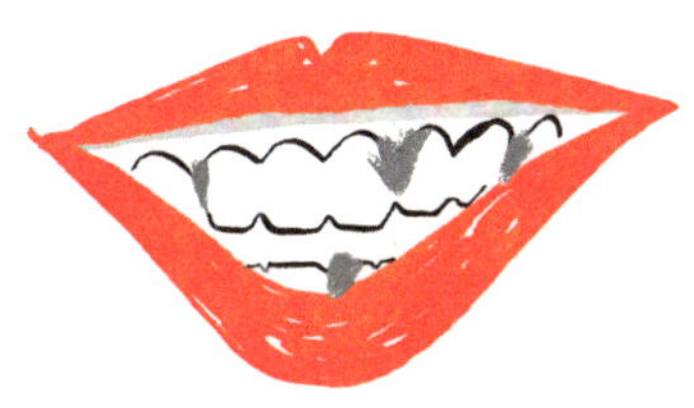

Mi vida como heredera

Nunca supe por qué mi madre no tenía una relación cercana con su hermano Hal. Puedo tratar de adivinarlo. Es posible que él no ayudara económicamente a sus padres. Es posible que a mi madre no le cayera bien la mujer de su hermano, Eleanor. Es posible que le guardara rencor porque sus padres consiguieron dinero para que él estudiara en Columbia pero a ella la mandaron a una universidad pública. ¿Quién sabe? El secreto está muerto y enterrado.

El caso es que de pequeña no conocía a mi tío Hal. Nosotros vivíamos en Los Ángeles y él vivía en Washington D.C., con la citada Eleanor. Los dos eran economistas y trabajaban para el gobierno, hasta que lo dejaron, en los años cincuenta. Corrían rumores sobre su izquierdismo. Mis padres nunca pasaron de ser socialdemócratas, pero aquellos eran los años de la lista negra. Conocían a una docena de personas que habían dicho nombres y también conocían por lo menos a dos de los Diez de Hollywood, y a algunos más que, según ellos, habrían ido a la cárcel con los otros Diez si la lista se hubiera alargado a once o a doce. Mis padres temían que los rumores de la afiliación de izquierdas de Hal y Eleanor llegasen a California y les mordieran, y por lo visto eso fue exactamente lo que pasó, aunque sin daños graves. Un día, en los primeros años de la década de los cincuenta, citaron a mis padres en el despacho de Spyros Skouras, un griego muy mayor que por aquel entonces dirigía la Twentieth Century Fox. Skouras le enseñó a mi madre un artículo sobre Hal y le dijo: «Phoebe, ¿eres comunista?». Mi madre contestó que ella no era su hermano Hal y que no era comunista, y así acabó la cosa, en una mera anécdota.

Cuando yo iba a la universidad, el tío Hal y la tía Eleanor ya no eran nada cercanos al comunismo, si es que lo habían sido alguna vez: trabajaban en el negocio inmobiliario y eran muy muy ricos. En 1961, mientras hacía mis prácticas de estudiante de políticas en Washington, me llevaron a cenar al restaurante de Duke Zeibert. Hal era un hombre cariñoso y encantador, y Eleanor era la bomba. Tenía la cara alargada y caballuna y el pelo tirando a rubio, y le encantaba reírse. Pasaba los fines de semana con ellos en Falls Church, una casa maravillosa que acababan de construir con la intención de ampliarla más adelante. Eleanor y Hal no tenían hijos pero tenían montones de casas: las compraban y vendían sin pensárselo. Tenían obras de arte, antigüedades chinas y alfombras persas, y un ama de llaves, Louise, que dirigía la casa de maravilla. Menciono a Louise por una razón, como pronto se verá.

Mis padres no eran muy familiares —yo no conocía a los hermanos de mi padre ni a mis primos—, pero Hal y Eleanor tenían relación con mucha gente de la familia de mi madre, y ese verano, en Washington, me presentaron a varios primos segundos o terceros, según cómo se contara. Uno era Joe Borkin, un abogado muy conocido en Washington, experto en la historia familiar, y me pareció increíble haber crecido sin saber dónde nacieron mis abuelos maternos;

Joe me lo contó y yo, por lealtad a mi madre, a quien no le interesaban nada esas cosas, me olvidé enseguida. El otro era Morty Plotkin, un médico sin la más mínima empatía con el paciente, que tuvo la inteligencia de dedicarse a la radiología. Estaba casado con Tedda, un nombre que a mí me gustaba muchísimo. Tedda Plotkin. A todo el mundo le encantaba ese nombre. Años después, cuando mi madre se estaba muriendo de cirrosis, Tedda me llamó un día, sin venir a cuento, y se puso a gritarme, como si todo fuera culpa mía. Hal y Eleanor me presentaron también a un sobrino de Eleanor, Irwin, que era dentista y, con el tiempo, acabó trabajando con ellos en el negocio inmobiliario. También a él lo nombro por una razón.

Al terminar la carrera, me fui a Nueva York. Hal y Eleanor venían a la ciudad muy a menudo y me invitaban a comer o cenar. Cuando me casé con mi primer marido, nos regalaron un candelabro, antiguo y enorme, bañado en oro, y recuerdo que nos aseguraron que era de Luis XIV. Eso es imposible. Después de mi divorcio, Hal me llamó para asegurarse de que mi marido no se había llevado el candelabro.

El candelabro se vino conmigo al piso de la calle Cincuenta Este y también cuando me casé por segunda vez: recuerdo claramente verlo, como un objeto absurdo, en el garaje de Bridgehampton. No sé qué habrá sido de él. Me gustaría saberlo, porque era magnífico y por fin tengo edad suficiente para apreciarlo. Sin duda, fue víctima del divorcio. Cuando alguien se divorcia y no se queda con la casa (yo nunca me quedé con ella), deja atrás muchas cosas, sin darse cuenta de que algún día se acordará de ellas, pensará que ojalá las hubiera conservado o, lo peor de todo, sentirá una sincera nostalgia.

En 1974 murió Eleanor. Pasaron los años. Veía a mi tío Hal en Washington y en Nueva York. Mi padre y él eran viudos, hablaban por teléfono de vez en cuando y luego mi padre me llamaba para ponerme al día. Por aquel entonces a mi padre se le empezaban a olvidar las cosas, pero lo que nunca se le olvidó fueron los números de teléfono, y en sus últimos años de vida hacía, por lo menos, cien llamadas al día, todas breves. Nunca decía hola ni adiós. No daba a nadie la oportunidad de decir: «Estoy ocupado», «Pierde mi número» o «No tengo tiempo para hablar». Iba directo al grano y luego, como contaba mi hermana Delia en su libro *Hanging Up*, colgaba.

—Acabo de escribir mis memorias —decía mi padre—. Y se titulan *Yo*.

—Genial —decía yo.

Y él colgaba.

—Acabo de llamar a Kate Hepburn para decirle cómo se titulan mis memorias —decía—. Le ha encantado.

—Qué bien, papá.

Y él colgaba.

Siempre tuve la esperanza de que se interesara un poco por mis hijos, Max y Jacob, pero ni siquiera se acordaba de sus nombres. Un día, Jacob cogió el teléfono y mi padre le dijo: «¿Eres Abraham o el otro?». Creo que dice mucho de Jacob que, a los siete años, supiera ver que aquello tenía gracia. De todos modos, a mí me dio pena. Siempre creemos que a nuestros padres les alcanzará un rayo y que, por arte de magia, se convertirán en las personas que querrías que fueran, o que volverán a ser las personas que eran. Pero eso no va a pasar nunca. Y, aunque sepas que nunca va a pasar, sigues teniendo la esperanza de que pase.

Los partes de mi padre sobre mi tío Hal nunca eran sobre Hal sino sobre sus innumerables propiedades que, según mi padre, serían íntegramente para mí y mis tres hermanas.

—He hablado con Hal y estás en el testamento —decía.

—Sigues en el testamento —decía.

—Lo ha dividido en cuatro partes para las cuatro —decía.

—Mucha pasta —decía.

Como mi padre tenía una credibilidad mínima para mí en ese momento de mi vida, nunca se me pasó por la cabeza que fuera verdad, que iba a heredar una fortuna. Además, el tío Hal tenía buena salud. Pero un día del verano de 1987, estaba yo en mi escritorio, peleándome con un guion que había aceptado escribir para pagar las facturas, cuando sonó el teléfono; era un administrador de un hospital de Washington D.C. Llamaba para comunicarme que Hal se estaba muriendo de neumonía y yo, por ser su familiar más cercana, tenía que prepararme para tomar una decisión sobre el final de su vida. Colgué, atónita. El teléfono volvió a sonar. Era Tedda Plotkin, la mujer del radiólogo, y me llamaba por segunda vez en la vida para decirme que el piso de Hal en Washington estaba lleno de alfombras y obras de arte sumamente valiosas, y que pusiera un candado inmediatamente, no fuera a ser que Louise, la criada, se largara con todo. Le contesté que dudaba mucho de que Louise hiciera tal cosa, pero que había trabajado para Hal y Eleanor la mayor parte de su vida, y por mí podía largarse con lo que quisiera. Sonó el teléfono por tercera vez. Llamaban del hospital. Hal había muerto.

Llamé a mi hermana Delia. «Prepárate para convertirte en heredera», le dije.

Ni Delia ni yo teníamos la menor idea del valor de las propiedades inmobiliarias de Hal. Estaban los beneficios de las viviendas que Hal y Eleanor habían revendido, y de las urbanizaciones que habían construido en McLean y Falls Church: manzanas y manzanas de casas de ensueño, con piscina interior, salas recreativas, rincones especiales para desayunar y cosas por el estilo. Y estaba también el famoso asunto de Puerto Rico. Hal y Eleanor habían comprado un terreno gigantesco en Puerto Rico, donde habían empezado a construir, con Irwin, el dentista, como socio. Yo le preguntaba a Hal por el proyecto de vez en cuando, y me contaba que iba de maravilla, que acababa de volver de Puerto Rico, que se habían reunido con el arquitecto, que los planos eran geniales, que había visto las maquetas, que estaban buscando más inversores.

Me pareció que el terreno valía, como mínimo, tres millones de dólares. Eso era un montón de dinero en aquella época. Dividido entre cuatro, ascendía a 750.000 dólares cada una. No me lo podía creer. Era una fortuna. Lo cambiaría todo. Bueno, vale, a lo mejor valía solo dos millones. Seguíamos tocando a medio millón cada una. Aunque también podía valer cuatro millones. Un millón para cada una. ¡Un millón para cada una! Seguía calculando y dividiendo entre cuatro, gastando el dinero mentalmente. Mi marido y yo acabábamos de comprar una casa en Long Island y la reforma había costado mucho más de lo previsto. No nos quedó dinero para hacer el jardín. Salí a dar una vuelta por la parcela. Planté mentalmente varios árboles. Arranqué un trozo de aquel césped descuidado y me imaginé unos enormes camiones de abono que ahora podría pagar. Hasta pensé en acercarme al vivero y echar un vistazo a las hortensias. Se me disparó el corazón. Saqué a mi marido del trabajo y hablamos de qué árboles plantaríamos. Un cerezo silvestre, definitivamente. Un cerezo silvestre bien grande. Costaba un dineral y ahora podíamos permitírnoslo.

Subí al piso de arriba y eché un vistazo al guion que estaba escribiendo. Ya no tendría que seguir con él. Lo había aceptado solo por dinero y, sinceramente, la película nunca llegaría a rodarse y, además, me estaba costando una barbaridad. Cerré el ordenador. Me tumbé en la cama a pensar otros modos de gastar el dinero del tío Hal. Se me ocurrió  que necesitábamos un cabecero nuevo para la cama.

De esta manera, en quince minutos, había pasado por las dos primeras etapas de la riqueza heredada: el júbilo y la pereza.

Sonó el teléfono.

Era mi padre.

—Se ha muerto Hal —dijo.

—Ya lo sé.

—Iba a dejaros el dinero a las cuatro, pero le dije que te sacara del testamento, que tú ya tenías suficiente dinero.

—¿Qué?

Colgó.

Me parecía increíble. Miré el césped. Se acabó el abono.

Llamé a Delia.

—No te vas a creer la última —dije. Y le conté lo que había pasado.

—Bueno, lo repartiremos —contestó Delia—. Te daremos un porcentaje de lo que heredemos cada una, para que sea equitativo.

—La cuarta parte.

—A ti siempre se te han dado mejor las matemáticas —dijo—. Voy a llamar a las otras.

Llamó a las otras y volvió a llamarme.

—Amy está dispuesta —anunció—. Hallie no.

No me lo podía creer. Las cuatro habíamos acordado que si mi padre desheredaba a alguna, las demás le darían su parte. Eso tenía que valer también para el tío Hal.

Ni siquiera había terminado el día y ya habíamos entrado en la tercera fase de la herencia: las discrepancias.

Al día siguiente recibí una llamada del abogado de Hal. Resultó que mi padre se equivocaba: Hal no me había sacado del testamento. Nos dejaba la mitad de su fortuna a las cuatro sobrinas y la otra mitad a Louise, su ama de llaves.

Me alegré por Louise. Se lo merecía.

En cuanto a mí, me quedaba la octava parte. Eso ya no era tanto como la cuarta parte, pero si el terreno de Puerto Rico finalmente valía cuatro millones, seguía siendo una buena cantidad de dinero.

—¿Cuánto dinero hay? —le pregunté al abogado.

—No mucho.

—¿Cuánto es no mucho?

—Menos de medio millón.

Resultó ser mucho menos de medio millón. Gracias a Irwin, el dentista, Hal había perdido casi todo el dinero en la aventura de Puerto Rico. Con lo que quedaba, dividido entre ocho, podría comprar estiércol, pero no iba a librarme del guion que estaba escribiendo.

—La buena noticia —dijo el abogado— es que, si heredas menos de sesenta y ocho mil dólares, no tienes que pagar el impuesto de sucesiones.

Llamé a Delia y a Amy para contárselo. A Hallie no la llamé. No pensaba volver a dirigirle la palabra a mi hermana Hallie.

Volví arriba, encendí el ordenador y seguí trabajando.

A la semana siguiente, mi hermana Amy llamó para decirme que se había enterado, por el abogado de Hal, de que podría haber un Monet. Había un cuadro en el armario y lo iban a mandar a un tasador. Para entonces yo había perdido la esperanza, pero eso no impidió que Amy entrase en la cuarta fase de la herencia: la posible obra maestra en el armario.

Seguramente no hace falta que les diga que no era un Monet.

Al final, las cuatro heredamos del tío Hal unos cuarenta mil dólares cada una.

Así que nunca llegué a entrar en la quinta fase de la herencia: la riqueza.

Terminé el guion y la película se hizo. Aprendo enseguida de la experiencia, y la lección que aprendí en este caso fue que había tenido muchísima suerte de no heredar una suma importante de dinero, porque no habría terminado de escribir *Cuando Harry encontró a Sally*, una película que cambió mi vida.

Cuando Harry encontró a Sally fue un exitazo y hasta dio beneficios. Compramos un cerezo silvestre. Es una preciosidad. Florece a finales de junio y me recuerda a mi querido tío Hal.

Ir al cine

Fuimos al cine la otra noche. Vivimos en Nueva York, donde cuesta trece dólares ver una película, sin incluir los gastos de gestión, un dólar y medio, por la compra de las entradas en línea. Me encanta comprar las entradas en línea. Uno de los milagros de la vida moderna, para mí, es el momento en el que entras a un cine, metes la tarjeta de crédito en una máquina y te da las entradas exactas que has encargado. Cada vez que lo hago me dan ganas de decir: ¡No me lo creo! ¡Es genial! ¡Guau!

Por otro lado, comprar las entradas en línea tiene una nueva ventaja tecnológica que le quita todo el encanto: ahora puedes imprimir el comprobante en casa, saltándote la máquina, y darle la entrada directamente al portero. El portero escanea la copia e imprime la entrada en la puerta del cine, lo que obliga a esperar a todo el que está en la cola y acaba con ese momento milagroso que antes esperabas sin falta cuando ibas a ver una película.

Pero la otra noche no tuvimos que darle el comprobante al portero, porque cuando entramos en el cine no había portero. No había ningún empleado en el vestíbulo. Los demás espectadores entraban directamente, sin dar la entrada a nadie, y nosotros hicimos lo mismo. Bajamos dos tramos de escaleras, a la sala siete, pensando que nos toparíamos con algún empleado en el camino, pero no. También queríamos comprar algo en el bar, pero el bar de abajo estaba cerrado y en la barra había un montón de palomitas frías poniéndose rancias.

Puede que sea el momento de decir que el cine al que fuimos era el Loews Orpheum 7, en Manhattan, en la calle Ochenta y seis con la Tercera Avenida. Puede que también tenga que decir que este cine es de la empresa AMC, aunque antes era de Loews Cineplex Entertainment Corporation y, en aquel entonces, yo estaba en la junta directiva de Loews. Fue una experiencia triste para mí, que como miembro de la junta directiva acariciaba la modesta esperanza de hacer algo para mejorar la ínfima calidad de la comida que se vendía en los cines. Resultó que en Loews a nadie le interesaba mi opinión sobre la calidad de la comida que se vendía en los cines. Y así, cumplía con mi deber de asistir a las reuniones de la junta, soportaba presentaciones en Power Point dirigidas a validar la política de la empresa, que en ese momento consistía en construir salas grandes y caras, en su mayoría enfrente de las salas igual de grandes y caras que construían las compañías rivales.

Llevaba alrededor de dos años en la junta de Loews cuando una de las reuniones me pilló en Los Ángeles y participé por teléfono, desde el hotel; me aburría tanto que decidí poner la llamada en espera y bajé a hacerme la manicura. Cuando volví a la habitación y cogí el auricular, veinte minutos después, todo el mundo estaba gritando: en la junta había gente de empresas que tenían acciones de Loews Corporation y acababan de saber que habían perdido cientos de millones de dólares, porque la

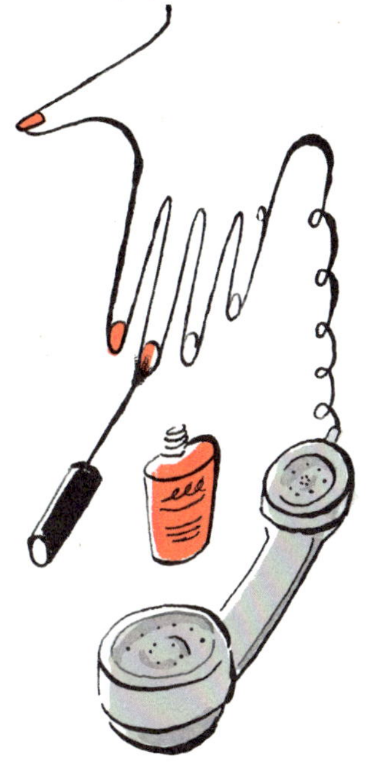

compañía estaba en quiebra y nadie había tenido la cortesía de avisar. ¡La quiebra ni siquiera figuraba en el orden del día!

Unos meses más tarde, un empresario canadiense compró los Cines Loews a un precio de ganga para venderlos a continuación a AMC, que no ha hecho absolutamente nada, que yo sepa, por mejorar la comida del bar o ninguna otra cosa. Lo que quiero decir es que antes era muy romántico ir al cine: sentarse en un teatro enorme, con galerías y palcos, espléndidas molduras doradas y un telón gigantesco de terciopelo rojo. Ahora vamos a un cubículo gris y sin adornos, donde el sonido del cubículo gris de al lado llega a través de la pared. Es triste.

Bueno, volviendo a la otra noche, pasamos por delante del bar cerrado, entramos en la sala y nos sentamos. Ya habían empezado los anuncios. Vimos un anuncio de cola light, tan enamorado de sí mismo que invitaba a visitar el sitio web donde se contaba cómo se había hecho el anuncio. Vimos un anuncio para comprar entradas en línea. Luego, de repente, el sonido se apagó y la pantalla se quedó completamente oscura. Pasaron varios minutos. La sala estaba llena en tres cuartas partes pero nadie se movía. Por alguna razón, inexplicable y extraña, me sentí responsable. Me levanté y subí dos tramos de escaleras. De repente se había materializado una empleada y estaba recogiendo las entradas. Le dije que el sistema de la sala siete se había estropeado. Me miró con cara de no entender nada. Le pregunté si podía avisar de que el sistema se había estropeado. Dijo que sí y siguió recogiendo entradas. Pasaron unos minutos y, cuando ya habían entrado todos los espectadores, preguntó a voces: «Proyección, ¿pasa algo en la sala siete?» Volví a la sala.

El sistema ya funcionaba. Pusieron un tráiler. Me fijé en que había una franja de luz blanca bastante grande en la zona inferior de la pantalla y en que en las imágenes que estaban proyectando todos los actores aparecían con los ojos cortados por la mitad.

Salí otra vez y volví al vestíbulo. La misma chica seguía allí, recogiendo entradas. Le pregunté si podía decirle al proyeccionista que revisara el encuadre de la película. Otra vez me miró con perplejidad, y le repetí la pregunta. Cuando volví a mi butaca habían corregido el encuadre de la imagen, aunque no era perfecto, pero ya estaba harta de heroísmo y no quise quejarme más.

Empezó la película. No estaba bien sincronizada pero, oye, era una buena peli. Y solo estaba *un poco* desincronizada. Además, como había un montón de planos y de acción, la falta de sincronía era medianamente soportable. Hasta que en los últimos veinte minutos el desfase se volvió increíblemente llamativo. Pero casi había terminado. Y no quería levantarme del asiento por miedo a perderme algo.

Luego, al salir del cine, pregunté si podía hablar con el encargado. Estaba de baja maternal. Pregunté si podía hablar con un subencargado. No había subencargado. Así que terminé con mi vieja amiga, la que recogía las entradas que, como imaginarán ustedes, se alegró muchísimo de volver a verme. Le dije que el último rollo de la película estaba desincronizado, que a lo mejor querían arreglarlo antes del pase siguiente. Me prometió que lo arreglarían.

Veinticinco cosas con las que la gente tiene una capacidad desconcertante para sorprenderse continuamente

1. Los periodistas a veces se inventan las cosas.

2. Los periodistas a veces cuentan mal las cosas.

3. Casi todos los libros de memorias se concibieron inicialmente como novelas, hasta que el agente o el editor dijo: Esto funcionaría mejor como unas memorias.

4. Hay mujeres jóvenes y guapas que a veces se casan con hombres feos y viejos.

5. En el mundo de los negocios no existe la sinergia en el buen sentido del término.

6. La libertad de prensa es solo para el dueño de la prensa.

7. Nada de lo que se escribe en las páginas de deportes tiene ningún sentido para quien no haya leído las páginas de deportes el día anterior.

8. El mercado de valores no tiene explicación, pero la gente sigue intentando explicarlo.

9. Los demócratas son una decepción brutal.

10. El cine no tiene ningún efecto político.

11. Los hombres engañan.

12. Muchísima gente se toma la Biblia al pie de la letra.

13. La pornografía es el opio de las masas.

14. Nunca se conoce la verdad de un matrimonio, ni siquiera del propio.

15. La gente sigue firmando acuerdos prematrimoniales.

16. Mary Matalin y James Carville están casados.

17. Los *bagels* ya no están tan ricos como antes.

18. Todo el mundo miente.

19. El motivo por el que es importante tener un presidente demócrata es el Tribunal Supremo.

20. Por lo visto, Howard Stern es muy buena persona.

21. En Manhattan, un apartamento pequeño, de una habitación, cuesta un millón de dólares.

22. La gente se parece a sus perros.

23. Cary Grant era judío.

24. Cary Grant no era judío.

25. Larry King nunca ha leído un libro.

Hay un nuevo libro de dieta que por lo visto dice algo que yo sé de toda la vida: que las proteínas son buenas, los hidratos de carbono son malos y el peligro de las grasas se ha sobrevalorado notablemente. Bueno, ya era hora. Como decía mi madre, la mantequilla nunca es demasiada.

Veamos, por ejemplo, cómo se prepara un filete en nuestra casa. Primero se sazona el filete con sal *kosher*. Luego se pone en una sartén muy caliente. Cuando está hecho, se le añade un buen trozo de mantequilla. Y listo. Por cierto, no hablo de mantequilla dulce sino de mantequilla salada.

Otra cosa que se dice en ese libro: el colesterol de los alimentos no tiene nada que ver con tus niveles de colesterol. Esta es otra cosa que yo sé de toda la vida, y por eso no me verán en el lecho de muerte lamentando no haber comido más hígado. Permítanme explicarlo:

podemos comer muchas cosas que tienen altos niveles de colesterol (como langosta, aguacate y huevos) sin que aumente nuestro nivel de colesterol: NO TIENE NINGÚN EFECTO. NINGUNO EN ABSOLUTO. ¿ME HAN OÍDO? Siento recurrir a las mayúsculas pero es que, ¿qué les pasa?

Y esto me lleva al asunto de este artículo: la tortilla de clara de huevo. Tengo amigos que comen tortillas de clara de huevo. Cuando los veo comer tortillas de clara de huevo me dan lástima. En primer lugar, la tortilla de clara de huevo es insípida. En segundo lugar, quienes la comen creen que hace algo bueno, cuando en realidad solo están mal informados. A veces intento explicarles que no tiene ningún sentido, pero no me hacen caso, porque el médico les ha dicho a todos que eviten los alimentos con colesterol. Según *The New York Times*, no es que los médicos informen mal deliberadamente a sus pacientes; lo que pasa es que son víctimas de lo que se conoce como información en cascada, que consiste en que cuando una cosa se repite muchas veces acaba convirtiéndose en verdad aunque no lo sea. (No entiendo por qué no se llama desinformación en cascada.) El caso es que las verdaderas víctimas de esta desinformación no son los médicos sino la gente a la que le han lavado el cerebro hasta convencerla de que las tortillas de clara de huevo son buenas para la salud.

Por eso ha llegado el momento de decir algo que llevo en el corazón desde hace años: es hora de acabar con la tortilla de clara de huevo. No quiero que esto se confunda con algo importante de verdad, como la guerra en Afganistán, que también va siendo hora de que acabe, pero no parece que yo pueda hacer nada para acabar con la guerra, mientras que sí puedo intentar que se reduzca el consumo de tortillas de clara de huevo, sobre todo ahora que el viento de este libro sopla a mi favor.

No quiten la yema cuando hagan tortillas. Háganlas con yemas de más. Una buena tortilla se hace con dos huevos enteros y una yema extra, y por cierto, lo mismo vale para los huevos revueltos. En cuanto a la ensalada de huevo, aquí va nuestra receta: hervir dieciocho huevos, pelarlos y enviar seis de las claras a los amigos de California empeñados en que la clara de huevo es buena de cualquier manera. Cortar con un cuchillo en trozos grandes los doce huevos restantes y las seis yemas, añadir mayonesa Hellmann's y salpimentar al gusto.

Me da pena el teflón.

Fue estupendo mientras duró.

Ahora resulta que es malo para la salud.

O, por decirlo con mayor precisión, resulta que, al calentarse, el teflón libera un producto químico que entra en el torrente sanguíneo y probablemente produzca cáncer y malformaciones fetales.

A mí me encantaba el teflón. Me encantaba la tortita de ricota sin hidratos que me inventé el año pasado, que solo se podía hacer con teflón. Me encantaba mi sartén Silverstone con revestimiento de teflón, que hace unos filetes maravillosos. Me encantaba el teflón como adjetivo: tuvimos un presidente de teflón (Ronald Reagan) y tuvimos un mafioso de teflón (John Gotti), a quien con el tiempo se le estropeó el revestimiento y acabó convertido en un duplicado metafórico casi exacto de mis sartenes de teflón. Me encantaba que el teflón lo hubiera inventado Roy J. Plunkett, un nombre que habría bastado por sí mismo para garantizar que el teflón nunca se convertiría en un producto peligroso.

Pero recientemente, Dupont, el fabricante de la resina de politetrafluoroetileno (PTFE), que es como se llamó al teflón cuando se descubrió por accidente en un laboratorio en 1938, ha alcanzado un acuerdo con la Agencia de Protección Ambiental por valor de 16,5 millones de dólares: parece ser que la compañía sabía desde el principio que el teflón era malo para la salud. En Estados Unidos esto ya es un cliché: una compañía que cotiza en bolsa es titular de la patente de un descubrimiento científico que resulta ser perjudicial para la salud, y la empresa lo sabía desde el principio. Garantizado.

Pero me da pena el teflón.

Cuando salió al mercado por primera vez, el teflón no era bueno. Las sartenes eran muy ligeras y finas: nada en comparación con el cobre o el hierro fundido. Resultaban estupendas para hacer tortillas y, por supuesto, no se pegaba nada, pero no eran ni la mitad de buenas para cocinar cosas que había que freír más, como los filetes. Al cabo de un tiempo, fabricantes como Silverstone produjeron sartenes de teflón mucho más resistentes, en las que se podía preparar un filete tan tostado y delicioso como en la barbacoa. Por desgracia, para esto había que calentar la sartén a una temperatura muy alta antes de poner la carne, y así es justo como se libera al medio ambiente el ácido perfluoroctanoico (PFOA). El PFOA es el malo de esta película, y Dupont ha prometido eliminarlo de todos sus productos de teflón para el año 2015. Supongo que esto tranquilizará a quienes tengan menos de cuarenta años, aunque para mí solo significa que tendré que pasar parte de mis últimos años en este planeta rascando los restos pegados a mis sartenes de no-teflón.

Aunque los rumores sobre el teflón circulan desde hace mucho tiempo, yo seguía esperando que resultaran ser como los rumores sobre el aluminio, que según la gente (al menos durante unos años, en la década de los noventa) causaba alzhéimer. Ese fue un mal momento, porque, además de renunciar a las cazuelas y sartenes de aluminio, habría supuesto renunciar también al papel de aluminio, a los moldes de aluminio desechables y, lo principal, a los desodorantes. Yo me resistí al rumor, y me complace informarles que se esfumó.

Pero este otro rumor no cabe duda de que es real, así que supongo que tendré que tirar mis sartenes de teflón.

Mientras, voy a hacer la última tortita de ricota para desayunar:

Batir un huevo, añadir ochenta gramos de ricota y mezclarlo bien. Calentar una sartén de teflón hasta que empiece a liberar gases cancerígenos. Echar la mezcla a cucharadas en la sartén y cocinar unos dos minutos por un lado, hasta que se tueste. Darle la vuelta con cuidado. Cocinar otro minuto hasta que se tueste por el otro lado. Se puede tomar con mermelada, si no les preocupan los hidratos de carbono, o sin acompañamiento. Para una persona.

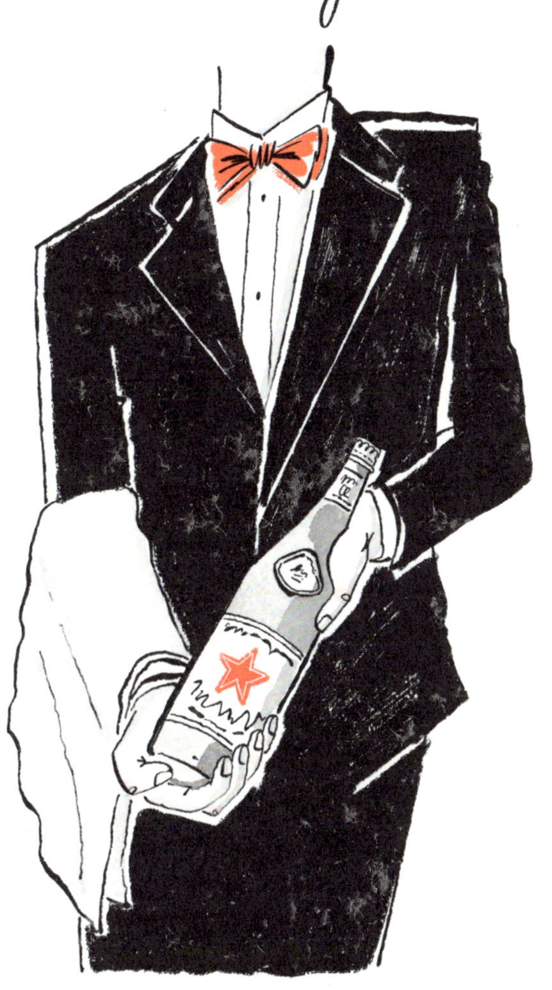

Solo quiero decir:
No, no quiero otra botella
de Pellegrino

Queríamos una botella de Pellegrino. El camarero trae el Pellegrino. Somos cuatro a la mesa. El camarero trae las copas para el Pellegrino. Resulta que las copas son altísimas. Las copas altas no son precisamente las mejores para el Pellegrino pero, antes de que pueda decir una palabra de tan profunda cuestión, el camarero sirve el Pellegrino en las copas altas.

Cuando termina de servir, queda en la botella una cantidad mínima de Pellegrino. Mi marido bebe un sorbo de Pellegrino. El camarero vuelve como un rayo con las últimas gotas de la botella y le rellena la copa.

La primera botella de Pellegrino ya se ha acabado. Llevamos en la mesa tres minutos exactos y no sé cómo hemos conseguido vaciar una botella de Pellegrino.

—¿Quieren otra botella de Pellegrino? —pregunta el camarero.

¡Pero si todavía no he probado esta!

En realidad, no llego a pronunciar estas palabras.

Me encanta la sal. Me vuelve loca. De vez en cuando consigo comer en un restaurante donde (en mi opinión) a la comida no le falta sal, aunque esto es raro.

Hace muchos años, en los restaurantes, normalmente había sal y pimienta encima de la mesa: había un salero y un pimentero. En el pimentero había pimienta negra molida, que se prohibió en la década de 1960 para sustituirla por un molinillo y su correspondiente refrán: «¿Le apetece poner en la ensalada un poco de pimienta negra recién molida?». Me he fijado en que a casi nadie le apetece poner en la ensalada pimienta negra recién molida. Es un misterio para mí que se tomen siquiera la molestia de preguntar.

Pero no estaba hablando de la pimienta; estaba hablando de la sal. Y, como iba diciendo, siempre había sal en la mesa. Ahora, la mitad de las veces no hay. La razón por la que no hay sal en la mesa es que el cocinero intenta convencerte de que la comida ya está bien sazonada y por tanto no necesita más sal. Esto me fastidia muchísimo. Me fastidia parecer agresiva con el cocinero por el hecho de pedirla, cuando en realidad ocurre al revés. Y la otra mitad de las veces —cuando hay sal en la mesa—, lo que hay no es lo que yo entiendo por sal. Es lo que se conoce como sal marina. (A la sal marina antes se la llamaba sal *kosher*, pero ese nombre ya no es elegante.) La sal marina se presenta en un platito diminuto. Siempre se derrama en el intento de pasarla del platito al plato, aunque eso es lo de menos: en realidad no funciona como la sal. No se disuelve para dar a la comida un gusto más salado sino que se queda encima, como piedras. También araña la lengua.

—¿Está todo bien?

Han servido el plato principal y el camarero acaba de hacernos esta pregunta. He probado literalmente un bocado y ha sido suficiente para recordar que, como de costumbre, el plato principal siempre decepciona. Empiezo a pensar si todo esto será una metáfora y, en tal caso, si merece la pena darle más vueltas. El camarero, que vuelve con un molinillo de pimienta en una mano y el Pellegrino en la otra, interrumpe un chiste buenísimo, justo en el momento clave, para preguntar si todo está bien.

La respuesta es no, no lo está.

La respuesta completa es: No, no lo está. ¡Nos ha fastidiado el chiste! ¡Váyase!

Esto tampoco lo digo.

Hemos pedido postre. Nos traen cucharas de postre. Las cucharas de postre son grandes y ovaladas. Son tan grandes como una bañera. No soy de esas personas a quienes les gusta culpar a los franceses, sobre todo desde que demostraron que tenían razón sobre Irak, pero no cabe duda de que esta costumbre empezó en Francia, donde siempre han tenido debilidad por las cucharas de postre.

Una de las mejores cosas de este país nuestro era, en mi opinión, que nunca habíamos caído en la trampa de las cucharas de postre. Si hacía falta una cuchara para el postre se usaba una cucharilla de café. Pero eso se acabó, y es una pena.

Lo que tiene el postre es que uno quiere que dure. Uno quiere saborearlo. El postre es delicioso. Es dulcísimo. Normalmente es muy malo para la salud. Y, como pasa con todas las cosas malas, uno quiere que el postre dure lo máximo posible. Pero es imposible que dure si te dan una cuchara tan grande para comerlo. Te lo zamparás en dos cucharadas. Y entonces se habrá acabado. Y la comida habrá terminado.

¿Por qué no lo entienden? Es tan obvio.

Es tan obvio.

Solo quiero decir: La tierra no es plana

La semana pasada fui a una de esas conferencias de internet a las que me invitan de vez en cuando, y, por supuesto, ahí estaba Thomas Friedman, el columnista del *New York Times*. En realidad no estaba allí en persona. No era una conferencia tan importante. Envió una grabación. Tomó la tesis completa de su gran éxito de ventas *La tierra es plana* y la condensó en veinte minutos. Casualmente, dos noches antes yo había estado con Friedman cara a cara, en una mesa de dados en Las Vegas. Cuando tiró los dados para el cinco, grité: «Venga, Tom. Es tu oportunidad para compensar que te equivocaste con lo de Irak». Pero sacó un siete y la cagó.

Y luego ahí estaba en esta conferencia. En la pantalla había un titular grande que decía: LA TIERRA ES PLANA, y la gente joven e inteligente de internet vio a Friedman hablando de la globalización y diciendo que la tecnología había aplanado los muros del mundo. Los espectadores estaban fascinados y hasta consiguieron concentrarse y olvidarse por completo de sus teléfonos móviles mientras hablaba Friedman. Después, en cuestión de segundos, todos volvieron a sus teléfonos móviles, y la enorme sala de conferencias se iluminó de repente con cientos de cajitas, a la vez que sonaba la orquesta de los miles de dedos tecleando.

Friedman, naturalmente, no es solo un columnista del periódico más poderoso del mundo: es otra cosa. Es un conferenciante. Hoy tenemos multitud de conferenciantes, en su mayoría hombres, que se ganan la vida con esto y lo otro, pero su verdadera profesión consiste en participar en este tipo de conferencias. Algunos de estos conferenciantes son personas relevantes y otros son simplemente periodistas, pero por unos momentos, en la mesa redonda, todos son iguales. Los conferenciantes actúan para un público en el que hay personas corrientes, pero en realidad actúan los unos para los otros, en encuentros como la Foursquare Conference de Nueva York y el festival de verano para consejeros delegados de Herbert Allen en Sun Valley; la misión del conferenciante es poner en perspectiva cualquier creencia que por casualidad se haya extendido en ese momento y validarla.

Lo cierto es que en estas conferencias se tiende a validarlo todo, y no es raro que en las dos últimas en las que participé hubiera en el escenario representantes de Walmart a quienes ni una sola vez se les preguntó por sus problemas de imagen debido a cuestiones incómodas, como el trato a sus trabajadores. (En las dos conferencias, a los hombres de Walmart les preguntaron amablemente por la política de su empresa, que exige a los directivos volar en clase turista y compartir habitación en los viajes de negocios. Y los hombres de Walmart respondieron con la misma amabilidad en ambas ocasiones. Y el amable público sonrió en ambas ocasiones.)

Pero bueno, lo que me interesa es que, cada vez que voy a una de estas conferencias, circula alguna creencia popular relacionada con internet absolutamente irrefutable que, tarde o temprano, resulta ser falsa. No es fácil equivocarse sobre internet: internet se compone de casi todo lo que hay en el universo. Por eso casi todo lo que pueda decirse en relación con internet es parcialmente cierto en algún aspecto. Sin embargo, al final resulta que no lo es.

Por ejemplo, cuando empecé a participar en estas conferencias, se daba por hecho que internet nos iba a hacer a todos libres; esto era en los tiempos en que por internet entendíamos el correo electrónico. El mundo estaba lleno de ejecutivos y conferenciantes que defendían que era mucho más fácil responder veinte correos electrónicos que diez llamadas de teléfono. Pero los ejecutivos hoy tienen que responder a cientos de correos diarios, y la vida no es ni remotamente más sencilla. Se pasan el día y la noche respondiendo correos. No pueden huir de su correo electrónico. Lo que es más, no asimilan prácticamente nada de lo que pasa, porque al instante empiezan a parpadear las BlackBerrys.

Poco después, con el *boom* de las empresas puntocom, surgió otra creencia popular: las puntocom nos harían ricos. Esto era cierto. Hubo quienes se hicieron ricos. Hasta que la burbuja estalló de golpe. O sea, que no era del todo cierto.

Llegó la hora de una nueva creencia popular: en internet no había dinero. Esto fue un error: teníamos la sensación de estar viviendo un episodio asombroso, inédito y desconcertante en la historia del capitalismo. Había surgido un negocio gigantesco, pero no daba beneficios. Warren Buffett, el rey de los conferenciantes, el conferenciante por excelencia, el segundo hombre más rico de Estados Unidos, el sabio de Omaha que juega al *bridge* en línea con el hombre más rico del país, dio una charla en aquella época para recordar a todos sus acólitos que, entre 1904 y 1908, había veinticuatro compañías automovilísticas en el mercado; en 1924, diez de estas compañías concentraban el noventa por ciento de los ingresos. Esta frase se citaba como si fuera una verdad revelada, aunque nadie sabía a ciencia cierta qué significaba. ¿Iba a quedarse todo el mundo fuera del mercado o solo casi todo el mundo? Los chicos que empezaron a trabajar en un garaje ganarían dinero, sin duda: ya habían ganado dinero. Los que inventaron la tecnología y el *software* se harían ricos. Pero todos los que llegaron después estaban condenados al fracaso.

Se organizaron muchas mesas redondas sobre este tema, y muchos participantes, algo perplejos, hicieron profundas e interesantes reflexiones sobre el futuro sombrío. Pero una cosa estaba clara: en internet no había dinero. Un anuncio publicitario no era la respuesta: la publicidad nunca funcionaría, porque los usuarios de internet nunca la aceptarían. Internet era libre. Internet era democrático. Internet era puro. La publicidad nunca despegaría. Es más, en la era de la televisión por cable, los usuarios de internet bloquearían los anuncios; nunca los aceptarían.

Y esto me lleva a la conferencia sobre internet a la que asistí la semana pasada, donde —a nadie le extrañará—, se debatió sobre una nueva creencia popular: había miles de millones de dólares que ganar en internet. De pronto era evidente que con la publicidad se podía ganar mucho dinero: bastaba con ofrecer contenido, para que los anuncios fueran algo más que anuncios. Se me ocurrió que la definición actual de «contenido» para una empresa de internet era «algo que se puede añadir al anuncio». Aunque la idea me parecía deprimente, la convicción de que todas las creencias populares sobre internet resultan ser falsas me libró en parte de caer en la ciénaga del abatimiento.

Y, por cierto, la tierra no es plana. Hay muros por todas partes. Si no los hubiera no habríamos ido a Irak, donde la cagó todo el mundo, no solo Tom Friedman.

Solo quiero decir: Sopa de pollo

El otro día noté que se avecinaba un resfriado. Así que decidí tomar sopa de pollo para combatirlo. Me resfrié de todos modos. Siempre pasa lo mismo: parece que estás empezando a resfriarte, tomas sopa de pollo, te resfrías igualmente. Entonces, ¿es posible que sea la sopa de pollo la que produce el resfriado?

Pentimento

Conocí a Lillian Hellman justo antes de que se publicaran sus memorias: *Pentimento*. Yo entonces era editora en *Esquire*, y publicamos dos capítulos del libro. Uno de ellos se titulaba «Turtle». Hablaba de Hellman y Dashiell Hammett. Yo nunca había visto una obra de Lillian Hellman y me había costado enfrentarme a los misterios de Hammett, pero leí las galeradas de «Turtle» antes de su impresión y pensé que era lo más romántico que se había escrito nunca. Es la historia de una tortuga que da unos mordiscos bestiales, y Hellman y Hammett la matan. Le cortan la cabeza y la dejan en la cocina para hacer sopa. La tortuga consigue resucitar, se va de casa y muere en el bosque, y esto da pie a un largo, elíptico y despiadado diálogo entre Hammett y Hellman sobre si la tortuga es una especie de reencarnación anfibia de Jesucristo.

No tengo excusa para que esta historia me fascine tanto. No era idiota y tampoco demasiado joven, dos circunstancias que podrían haber sido exculpatorias. Como tantas personas que han leído *Pentimento*, nunca se me pasó por la cabeza que las historias que se cuentan en este libro fueran ficciones y el diálogo sobre la tortuga una parodia involuntaria del estilo de tipo duro de Hammett. A mí me pareció divino. Llamé inmediatamente al *New York Times Book Review* y pregunté si podía entrevistar a Hellman con motivo de la publicación de *Pentimento*. Dijeron que sí.

Hellman ya se acercaba a su magnífico tercer acto. Había publicado *Una mujer inacabada*, unas memorias que fueron un gran éxito de ventas y Premio Nacional en Estados Unidos, y ahora, con *Pentimento*, estaba a punto de cosechar un éxito aún mayor. Aparecía en programas de televisión y seducía a los presentadores con su forma de fumar y de echar el humo. El éxito de estos dos libros borró el recuerdo de sus últimas obras de teatro, que habían sido un fracaso. Posteriormente, la historia más famosa de *Pentimento*, «Julia», se llevó a la pantalla, con Jane Fonda en el papel de Lillian Hellman, Jason Robards en el de Hammett y Vanessa Redgrave en el de Julia, la valiente espía antinazi a la que Hellman presumía de haberle entregado cincuenta mil dólares en Alemania en 1939, escondidos en un gorro de piel. Vivió sus últimos años como un tren descarrilado, pero eso ocurrió después. Yo escribí una obra de teatro sobre ello, pero eso ocurrió todavía más tarde.

Lillian tenía sesenta y ocho años cuando la conocí, y en todos los aspectos aparentaba como mínimo diez años menos. Nunca fue una belleza pero sí había sido joven; ahora estaba arrugada y casi ciega. Tenía voz de whisky. Fumaba con boquilla y usaba un cenicero de esos que parecen una bolsa, con una chapa de metal en el centro para apagar el cigarrillo. Como apenas veía, la duda de si la peligrosa ceniza, cada vez más larga, conseguiría llegar al cenicero sin caerle encima y prenderle fuego acentuaba la intriga de cada minuto con ella.

De todos modos, y en esto tendrán ustedes que confiar en mi palabra, tenía un atractivo inmenso: era brillante, íntima y coqueta.

Nos vimos en su casa de Martha's Vineyard, construida a la orilla de una playa de guijarros cerca de Chilmark. La entrevista fue incómoda. No hice ninguna pregunta molesta porque lo cierto es que no tenía ninguna. Yo estaba fascinada. Lillian Hellman era la mujer que, cuando compareció ante el Comité de Actividades Antiamericanas, en el Congreso de Estados Unidos, había dicho: «No puedo recortar mi conciencia para que encaje en el molde de estos años». Había querido al hombre más complicado del mundo, y él, aunque estuvo borracho la mitad de su vida en común, también la quería. Y de pronto resultaba que Hellman prácticamente había parado los pies a Hitler.

Por la tarde, después de nuestra primera reunión, fui a dar un paseo hasta la playa de Lillian. No llevaba más de unos minutos cuando apareció un hombre. No tenía la menor idea de dónde había salido. Era mayor, gordo y con el pelo gris. Me preguntó si me alojaba en casa de Lillian. Me puso nerviosa. Me levanté y, con alguna excusa, volví a casa caminando lo más deprisa que pude sobre los guijarros. Lillian estaba sentada en el patio y llevaba un vestido hawaiano.

—¿Qué tal la playa? —preguntó.

—Bien.

—¿Había alguien?

—Un hombre.

—¿Mayor? ¿Gordo?

—Sí —dije.

—Ya está bien —dijo.

Se levantó y se fue a la playa.

Volvió minutos después. El intruso se había esfumado. Lillian estaba rabiosa. Al parecer, estaba en guerra con ese hombre. Le había dicho que no entrara en su playa, carajo. Le había dicho que dejara de hablar con sus amigos, carajo. Se lo diría otra vez, si es que se atrevía a volver y lo sorprendía merodeando por ahí. Le sacaba de quicio que el hombre se esfumara sin darle la oportunidad de ordenarle que se fuera. Yo no daba crédito. Lillian estaba buscando guerra. Le encantaba la confrontación. Era una actriz dramática y necesitaba dramatismo. Yo era periodista y me gustaba observar. Estaba fascinada.

Lillian y yo nos hicimos amigas después de que el *Times* publicara la malísima entrevista que le hice. Puede que «amigas» no sea la palabra exacta: pasé a formar parte del grupo de gente joven de su vida. Me escribía cartas a todas horas, cartas divertidas, casi siempre a máquina, y las firmaba como «señorita Hellman». Me enviaba recetas. Iba a mi casa y yo a la suya. Tengo que decir que costaba imaginar que Lillian hubiera sido comunista. De pequeña, en Hollywood, yo había conocido a mucha gente de izquierdas que vivía bien, pero no veía ningún indicio de la antigua izquierda

en casa de Lillian, en el 630 de Park Avenue: ni rastro de arte mexicano, por ejemplo, o cuadros de Ben Shahn. El estilo de la decoración estaba a medio camino entre lo WASP clásico y lo judío alemán: sofás de brocado, mesitas de madera oscura, marinas al óleo y alfombras persas.

Organizaba cenas para seis u ocho personas y siempre contaba historias desternillantes. Ahora veo que eran exageradas pero entonces me parecían graciosísimas. Había tenido una discusión un domingo con una dependienta de la sección de peletería de Bergdorf Goodman. Jason Epstein había prendido fuego a su cocina mientras preparaba comida china. Lillian era divertida. Era muy divertida. Tenía una carcajada grave y nunca le faltaban temas de conversación general. «Mi tío abuelo ha muerto —nos contó una noche, en la mesa—. Y me ha llamado el abogado para decirme: "Te ha dejado una bonita suma de dinero". ¿Cuánto creéis que es una bonita suma de dinero?». ¡Qué juego! ¡Qué juego tan maravilloso! Al final, después de mucho debatir, coincidimos en que 675.000 dólares era lo que entendíamos por una bonita suma de dinero. Lillian dijo que habíamos dado en el clavo. ¿Era cierto? ¿Había algo de cierto en toda esa historia? ¿Quién sabe? Yo escuchaba, como en trance, mientras me contaba que Hammett se había fugado una vez con la mujer de S. J. Perelman; que le dolió mucho que Peter Feibleman (a quien le dejó su casa de la playa) intentara tener una cita con una de sus mejores amigas; que una vez había visto a una chica que podía ser la hija de Julia. Este último episodio ocurrió en un acantilado, si mal no recuerdo. Lillian y Dashiell Hammett estaban en un acantilado, y una chica se acercó a ella, le tocó el brazo y se fue corriendo. «Sigo con la duda —decía—. Porque se parecía muchísimo a Julia.»

En esta carta que me escribió habla de tiendas de delicatesen, de mi padre, Henry Ephron, y de mí:

Estoy en el delicatesen de P. J. Bernstein, un sitio al que vengo una vez al mes. Desde hace tiempo me he vuelto sentimental con las mujeres de mediana edad que se pasan el día de pie, y varias camareras, judías, se han ganado esta simpatía implícita. Una de ellas sabe que me dedico a algo, pero no sabe exactamente a qué; eso no le impide darme un beso mientras le pido mi salchicha Knackwurst.

Hace unos días, cuando terminó de besuquearme, dijo: «¿Conoce usted a Henry Aarons?». «No, no lo conozco.» Y me dio un empujón de esos que dan los judíos que casi me rompe el hombro. «Seguro que sí —insistió—. A su hija.» «Puede ser», asentí, con el hombro dolorido. Cuando volvió con la salchicha añadió: «Su hija es una escritora famosa, ¿verdad?». Le dije que no lo sabía, con el hombro ya curado. Y contestó: «Pero ¿cómo puede decir eso? ¿No reconoce usted a una buena escritora cuando la oye hablar?». «¿Dónde vive el señor Aarons? —pregunté, con la esperanza de dar mejor rumbo a la conversación—. ¿Suelo ir allí?» «Él viene aquí», explicó. Bueno, veinte minutos más tarde, cuando ya empezaba a notar la pesadez de estómago, resultó que estaba hablando de tu padre. Y qué coincidencia que, dos horas después, tu padre me llamara para decirme que había visto Julia.

No sé por qué te cuento esto, pero seguro que en parte es porque quiero que te sientas culpable.

¿Verdad que es una carta deliciosa? Tengo un montón de cartas suyas. Cuando las ojeo vuelven los recuerdos: cómo me gustaban las primeras cartas, cómo me fascinaban, cómo me halagaban; luego, con el tiempo, cómo empezaron a parecerme mucho menos encantadoras, cómo se volvieron molestas y, finalmente, aburridas.

Así es el amor.

A Lillian le gustaba hacer IC. La mayoría de la gente no sabe lo que es un IC, pero mi madre nos había enseñado la expresión, aunque no entiendo por qué.

IC son las siglas de Intercambio de Cumplidos, y la cosa funciona así: llamas a una persona y le propones un IC. Esto significa que has oído que alguien le ha hecho un cumplido, y se lo dirás, pero solo si ella te dice primero un cumplido que haya oído sobre ti. O sea, que transmites un cumplido, pero siempre a cambio de otro.

Huelga decir que es una manera extraña, poco generosa y gravemente narcisista de contarle a una persona algo agradable que hayan dicho de ella.

—Señorita Ephron —decía cuando me llamaba—, soy la señorita Hellman. Tengo un IC.

Las primeras veces, el juego me hacía gracia; se oían cosas buenas de Lillian por todas partes. Era la chica del año. Pero con el paso del tiempo las llamadas se convirtieron casi en una pesadilla. Todo empezaba a pasarle factura. Había escrito otro libro, *Tiempo de canallas*, en el que se vanagloriaba de su decisión de no testificar ante el Comité de Actividades Antiamericanas, y poco después tomó la decisión, algo polémica, de posar con un abrigo de visón en un anuncio de Blackglama. La gente hablaba de ella, pero no en un tono que me permitiera hacer un intercambio. Tampoco es que me llegaran muchos comentarios: yo vivía en Washington, y la gente de Washington no habla de nadie que no viva en Washington, la verdad.

Pero Lillian me llamaba para hacer un IC y esperaba que cumpliese con mi parte. Me volvía loca buscando algo que decir: cualquier cosa. Tenía que tener cuidado para que no me pillara en una mentira. Y si me inventaba algo, tenía que asegurarme de citar las palabras de un hombre, porque, aunque conmigo era cariñosa, a Lillian no le interesaban nada las cosas agradables que las mujeres dijeran de ella. Y no podía decirle: «Estoy en Washington. Aquí nadie habla de ti». Así que al final me inventaba algo normalmente relacionado con mi marido, que la adoraba (eso era verdad). Pero ella nunca se quedaba satisfecha. Porque lo que Lillian esperaba oír en realidad era que yo acababa de pasar la tarde con un personaje como Robert Redford (por cazar al vuelo un episodio imaginario) y que me había confesado que se moría por acostarse con ella.

Cuando mi matrimonio se acabó y volví a Nueva York, Lillian estaba escandalizada. No entendía por qué había dejado a mi marido. Me llamó y me pidió que lo reconsiderara. Me dijo que debería perdonarlo.

Ni mi marido ni yo teníamos el más mínimo interés en volver a estar juntos, pero Lillian estaba empeñada y no paraba de insistir. ¿No puedes perdonarlo? Aproveché ese momento para salir de su vida.

Me dije que no podía seguir adelante con nuestra amistad por cómo había reaccionado Lillian al divorcio.

Luego, alrededor de un año después, una tal Muriel Gardiner escribió un libro en el que contaba su vida como espía antes de la segunda guerra mundial, y quedó claro que Hellman le había robado la historia. No había ninguna Julia, y Lillian nunca había salvado a Europa con su gorro de piel.

Me dije que no podía seguir adelante con la amistad porque Lillian había resultado ser una mentirosa patológica.

Luego Lillian se querelló contra Mary McCarthy por llamarla mentirosa.

Y me dije que no podía seguir adelante con la amistad, porque nunca podría respetar a alguien que estuviera en contra de la Primera Enmienda.

Es verdad. Me dije literalmente eso.

Pero lo cierto es que cualquier pretexto es válido cuando estos romances se acaban. Los detalles son meros detalles. Y la historia siempre es la misma: la mujer más joven idolatra a la mujer mayor, la busca, la mujer mayor la acepta, la mujer más joven descubre que la mujer mayor es simplemente humana, fin de la historia.

Si la mujer más joven es escritora, con el tiempo escribe algo sobre la mujer mayor.

Y luego pasan los años.

Y ella también envejece.

Y hay momentos en los que le gustaría disculparse, al menos por la manera de interrumpir la amistad.

Y este puede ser uno de ellos.

Hace tiempo, mi amigo Graydon Carter dijo que iba a abrir un restaurante en Nueva York. Le aconsejé que no lo hiciera, porque tengo la teoría de que ser dueño de un restaurante es una de esas fantasías universales que todo el mundo debería abandonar con los años, cuanto antes mejor, para no quedarse atascado en el restaurante. Ser dueño de un restaurante da muchos problemas, entre ellos el de tener que comer siempre allí. Renunciar a la fantasía de tener un restaurante es probablemente la última de las etapas de la teoría del desarrollo cognitivo de Piaget.

Pero Graydon perseveró, con alegría, y el restaurante que abrió en el centro fue un bombazo. Un año después, me contó que iba a abrir un segundo restaurante, esta vez al norte, en el local del antiguo Monkey Bar. Dijo que quería que se pareciese al Ivy de Londres, uno de mis sitios favoritos, y me preguntó si tenía alguna sugerencia para la carta. Le envié enseguida una lista bien larga. La primera sugerencia era el pastel de carne. Me encanta. Me sabe a casa.

Unos meses antes de la apertura me invitó a una degustación. En el menú se incluía un plato innovador, que consistía en dos trozos de pastel de carne ligeramente salteados y tostados por fuera. La mezcla de blando y crujiente era muy agradable, y evitaba el principal inconveniente del pastel de carne, que, al ser tan tierno y jugoso, se devora en menos de un minuto. No puedo decir que este pastel de carne en concreto me supiera exactamente a casa pero me pareció riquísimo. Iba cubierto con una deliciosa salsa de champiñones, perfecta para la corteza crujiente. Normalmente me habría opuesto rotundamente a la salsa de champiñones, pero este plato parecía pedirla a gritos, en el buen sentido.

No tenía la menor idea de que el pastel de carne del Monkey Bar llevaría mi nombre, pero cuando se inauguró el restaurante lo vi escrito en la carta: Pastel de carne de Nora. Pensé que tenía que pedirlo, por lealtad a mí misma, y estaba tan bueno como en la degustación: me encantó. Es más, tuve una extrañísima sensación de logro. Sentí, en cierto modo, que ese pastel de carne picada lo había creado yo, aunque no tuviese nada que ver con la receta. Siempre había envidiado a Nellie Melba por su melocotón, a la princesa Margarita por su pizza, y a Reuben por su sándwich, y de pronto era como ellos. Pastel de carne de Nora. Se me podía recordar por este plato. No era eso exactamente lo que pensaba cuando jugábamos a: «Si pudieras conseguir que algo llevara tu nombre, ¿qué te gustaría que fuera?». Yo entonces pensaba en un paso de baile, o en unos pantalones. Pero me había vuelto mayor, y me gustó que fuese un pastel de carne.

Por cierto, mi nombre no era el único que figuraba en la carta del Monkey Bar. Una ensalada llevaba el nombre de mi amiga Louise. Se llama Ensalada Sunset de Louise.

A lo largo de las dos semanas siguientes recibí cinco o seis correos electrónicos de amigos que me felicitaban por «mi» pastel de carne.

Esto es lo que no dije al responder:

1. No he tenido nada que ver.

2. Este pastel de carne en realidad no es mío.

3. Mi pastel de carne lleva un paquete de sopa de cebolla instantánea Lipton, y este no.

Lo que dije fue:

1. Gracias.

2. Me alegro mucho de que lo pidieras.

3. ¿Verdad que está bueno?

Estaba orgullosa. Mi pastel de carne era un éxito. Estaba en el mundo, trabajando para mí mientras yo me quedaba en casa, navegando por la red y perdiendo días enteros pensando qué hacer con el cuarto de estar.

La segunda vez que fui al Monkey Bar volví a pedir el pastel de carne. Porque, si no lo pedía yo, ¿cómo podía esperar que alguien lo pidiera? Desgraciadamente, le había pasado algo. En lugar de las dos lonchas de carne había una sola, y la salsa de champiñones se servía aparte. Entablé una conversación sobre la novedad con el *maître*, que me escuchó con cortesía y me explicó a continuación que otro cliente había sugerido poner la salsa de champiñones aparte, y por eso ahora se hacía así. Pensé (no lo pude evitar) que deberían haberme consultado antes de hacer el cambio. Insinué educadamente que habían cometido un error garrafal. Dije que yo era la reina de «la salsa aparte» pero que este pastel de carne pedía la salsa por encima. El *maître* me prometió pensarlo.

Pasaron un par de semanas y de repente caí en la cuenta de que, como los perros de *El sabueso de los Baskerville,* que no ladraban, había dejado de recibir felicitaciones por «mi» pastel de carne. En mi siguiente visita al Monkey Bar, coincidí con mi amiga Alessandra. Después de cenar se acercó a mi mesa y me dijo: «El pastel de carne sabe igual que un disco de hockey».

Me quedé de piedra. Sabía que el pastel de carne se estaba deteriorando pero ¿un disco de hockey? Cuestioné nuestra amistad. ¿No se había fijado Alessandra en que el plato llevaba mi nombre? ¿Qué habría pasado si el pastel de carne fuera en realidad mío, si no le hu-

bieran puesto el nombre a la ligera, sin consultarme siquiera? Me pareció un gesto insensible y cruel por parte de mi amiga.

Esto fue un sábado por la noche. El lunes recibí un correo electrónico de mi amiga Sandy: «En cuanto al pastel de carne del Monkey Bar, denúncialos».

Escribí a Graydon un correo electrónico bastante largo. Le explicaba que, aunque no era mi intención crear problemas, me veía obligada a contarle que la gente hablaba del pastel de carne y lo que decían no era bueno. Me contestó que ya se habían adelantado: acababa de despedir al cocinero y lo había sustituido por el famoso Larry Forgione. Llevaban semanas descontentos. El pastel de carne había sido solo uno de los síntomas.

El caso es que Larry Forgione cambió la carta y la receta del pastel de carne, que con él pasó a ser un pastel tradicional, rico y jugoso; y aunque la carne no llevaba un paquete de sopa de cebolla instantánea Lipton, sabía a casa de verdad. La salsa de champiñones seguía presente, como un remolino alrededor del plato. No lo entiendo, porque este tipo de pastel de carne en realidad no la pide. Pero ahí estaba, como el equivalente culinario de un vestigio evolutivo.

Fue un alivio. Podía relajarme. Mi pastel de carne se había salvado y podía probar otros platos de la carta del Monkey Bar. Uno de ellos era una versión perfecta del chile Chasen, servido con un panecillo de maíz. Me pareció tan maravilloso que decidí serle fiel una temporada. Con el tiempo, me fijé en que el pastel de carne había perdido caché y ahora era un plato especial del martes por la noche, pero estaba demasiado ocupada practicando la monogamia con el chile como para preocuparme por el pastel de carne.

Escribo esto porque ayer estuve en el Monkey Bar. Era martes. Mientras iba hacia allí pensé pedir mi pastel de carne. Abrí la carta y, antes de leer nada, no sé cómo, adiviné lo que iba a ver; mejor dicho, lo que no iba a ver.

Mi pastel de carne se había esfumado.

La Ensalada Sunset de Louise seguía en la carta, pero el Pastel de carne de Nora se había esfumado.

Había fracasado. No había otra forma de verlo.

Pregunté si alguien lo había pedido desde que ya no estaba. Si alguien se había quejado. Si alguien lo había notado. Nadie. Como si nunca hubiera existido.

Lo han sustituido por espaguetis con albóndigas como plato especial de los martes. Pedí el plato especial, con la esperanza de demostrar que se había cometido una grave injusticia, pero los espaguetis con albóndigas eran excelentes. Hice una pequeña sugerencia sobre la consistencia del parmesano rallado, y espero que alguien me haga caso.

Adicción

Hace unos años, tropecé con un juego que se llamaba Scrabble Blitz. Era una versión en cuatro minutos del Scrabble en solitario. Lo encontré en una página web llamada Games.com, y empecé a jugar sin la menor idea de que en cuestión de un día —no exagero— me iba a freír el cerebro. Este tipo de cosas no me son ajenas: un verano, cuando era joven, me volví tan adicta al croquet que tuve sueños recurrentes en los que me veía con un mazo de croquet en la mano, dándole a la cabeza de mi madre y pasándola a través de un aro.

Lo mismo me pasó con el Scrabble Blitz, solo que mi madre llevaba muerta muchos años y esta vez se quedó fuera. Empecé a soñar que la gente se convertía en letras de Scrabble que bailaban enloquecidamente. Me distraía en las conversaciones y me ponía a pensar cuántas letras tenía el nombre de la persona a la que no estaba escuchando. Me quedaba dormida memorizando las palabras de dos y tres letras que diferencian a los que estamos enganchados al Scrabble de los que no lo están. (Por ejemplo, mientras ustedes no prestaban atención al Scrabble, se han incorporado al diccionario del juego las siguientes palabras: «qi», «za», y «ka». No me pregunten qué significan, aunque supongo que, siguiendo la tradición de estas cosas, serán nombres de monedas de Indonesia. Por cierto, «bit» y «zas» también son palabras.)

¿Se acuerdan de ese anuncio: «Este es tu cerebro. Este es tu cerebro con drogas»? Pues esa era yo. Tenía el cerebro fundido. Me daba cuenta de lo que estaba pasando. Era evidente que estaba cada vez más dispersa, más distraída, más desconcentrada: tenía todos los síntomas de un TDA terminal; me estaba convirtiendo en un chaval adolescente. Al instante me volví experta en cómo internet puede producir alteraciones permanentes en el cerebro y ofrecía mis opiniones sobre el tema en todas partes, aunque, según recuerdo, nadie mostraba especial interés.

El sitio web de Scrabble Blitz estaba lleno de gente trastornada como yo, que lidiaba con su adicción escribiendo comentarios en el chat, en las pausas de dos minutos entre partida y partida; la pausa de dos minutos era el momento perfecto para irte de allí y dejar de jugar al Scrabble Blitz, pero no te ibas porque el enganche era total y, además, solo ibas a jugar una última partida, o dos. En el chat se decían cosas como: «Soy adicto, lol» o «No puedo dejar de jugar a esto, jajaja». Mi desprecio por este tipo de comentarios me hacía pensar que, en cierto modo, era distinta de quienes los escribían, pero

lo cierto es que no lo era: era exactamente igual que ellos, dejando a un lado los «lol» y los «jajaja»; incluso yo he soltado un «lol» y un «jajaja» de vez en cuando, aunque nunca en un chat, y en general, espero, lo hago con ironía, aunque si soy totalmente sincera, no siempre.

El Scrabble Blitz acabó siendo demasiado para el sitio web. Tenía graves problemas de *lag*. De vez en cuando cerraban la página varios días seguidos, y cuando la reabrían, allí estaban todos los adictos, llenando el chat de comentarios sobre lo mucho que les había costado soportar la vida sin jugar. Empecé a tener el síndrome del túnel carpiano: no es broma. Comprendí que tenía que dejar aquel hábito. Me prometí que lo conseguiría. Solo una partida más. Solo un día más. Solo una semana más. Hasta que un día, como por arte de magia, me salvó lo que en el mundo de las aseguradoras se conoce como un acto de Dios: Games.com cerró definitivamente Scrabble Blitz. Y ya está. Se acabó.

Volví a jugar al Scrabble en línea, una versión blanda y soporífera del Blitz. Me limitaba a dos partidas al día: no más. Estuve varios años deambulando por distintas páginas web de Scrabble —hay varias—, y hace poco encontré un sitio llamado Scrabulous.com. Llevo unos cincuenta días jugando en esta web; lo sé porque hace poco recibí un correo de felicitación de «El equipo de

Scrabulous», con motivo de mi partida número cien. Se me pasó por la cabeza, cuando entró el correo, que incluso dos partidas al día eran demasiado. Pero eso no me impidió seguir jugando: tenía el hábito bajo control.

Esta semana, sin embargo, he tenido un contratiempo importante. Entré en la página de Scrabulous para jugar mis dos partidas de costumbre, y resulta que, para mi sorpresa, ahí mismo, en la pantalla de inicio, había una oportunidad de jugar al Scrabble Blitz. Solo que no se llamaba Scrabble Blitz. Se llamaba Blitz Scrabble. Había vuelto. Funcionaba de maravilla. Y no solo había vuelto sino que ahí seguía toda la gente con la que jugaba antes, con sus bromas tristes sobre la adicción al juego, seguidas de un «lol», un «jajaja» y hasta, de vez en cuando, una ☺. Decidí jugar una sola partida, o dos. Una hora después, seguía jugando. Con el corazón a cien. El cerebro otra vez fundido. Estaba enganchada.

Han pasado cinco días; cinco días en los que he estado o bien jugando al Blitz Scrabble o bien pensando en jugar al Blitz Scrabble. Llevo cinco días viendo bailar las letras en mi cabeza antes de quedarme dormida. Llevo cinco días convirtiéndome de nuevo en un chaval adolescente. Está clarísimo que hay una única solución: voy a tener que entrar en el control parental de mi ordenador —estoy segura de que lo hay— y añadir el Scrabulous a la lista de Sitios a los que No Entrar, o como se llame.

Así que, adiós. Me voy. Me voy definitivamente.

Pero antes voy a jugar mi última partida de Blitz Scrabble. Mejor dicho, la penúltima. O la antepenúltima. ☺

Las seis fases del correo electrónico

Primera fase: Obsesión

¡Acabo de recibir un correo electrónico! ¡No me lo puedo creer! ¡Es genial! Aquí tienes mi alias. Escríbeme. ¿Quién dijo que la correspondencia había muerto? Tamaño error. Por primera vez desde hace años estoy escribiendo cartas como una posesa. Vuelvo a casa, ignoro a mis seres queridos y voy directa al ordenador para establecer contacto con absolutos desconocidos. Y qué genial es AOL. Qué fácil. Qué agradable. Es una comunidad. ¡Bravo! ¡Tengo un correo electrónico!

Segunda fase: Aclaración

Vale, empiezo a entenderlo: escribir correos electrónicos no se parece en nada a escribir cartas; es totalmente distinto. Se acaba de inventar, acaba de nacer, y de la noche a la mañana, resulta que tiene una forma y una serie de normas y un lenguaje enteramente propios. No viene de cuando se inventó la imprenta. No viene de cuando se inventó la televisión. Es revolucionario. Altera la vida. Es taquigráfico. Va directo al grano. Se centra en lo esencial. Ahorra muchísimo tiempo. Lo que en un correo se resuelve en cinco segundos por teléfono requiere cinco minutos. El teléfono te obliga a tener una conversación, a decir cosas como «hola» y «adiós», a fingir algo parecido al interés por la persona que está al otro lado de la línea. Lo peor de todo es que el teléfono a veces te fuerza a hacer planes de verdad con la persona con la que estás hablando, a proponer una comida o una cena, aunque no tengas ningunas ganas de verla. Con el correo electrónico no se corre ese peligro. El correo electrónico es un nuevo modo de hacer amigos: íntimos, pero no; cariñosos, pero no; comunicativos, pero no; o sea, amigos, pero no. Qué avance. ¿Cómo hemos podido vivir sin él? Me quedan más cosas que decir sobre esto, pero ahora tengo que responder al instante un mensaje de alguien a quien apenas conozco.

Tercera fase: Confusión

No he hecho nada para merecer nada de esto: ¡¡¡Viagra!!! El mejor sitio web sobre el medicamento Vioxx. Pasa una semana en Cancún. Ten un césped espléndido. A Astrid le gustaría ser tu amiga. Vídeos XXXXXXX. Alarga tu pene siete centímetros y medio. El Comité

Nacional Demócrata te necesita. Alerta de virus. Reenviado: Esto te hará reír. Reenviado: Esto tiene gracia. Reenviado: Esto es divertidísimo. Reenviado: Las uvas y las pasas son tóxicas para los perros. Reenviado: Última despedida a Gabriel García Márquez. Reenviado: Discurso de graduación de Kurt Vonnegut. Reenviado: La receta de las Galletas con Pepitas de Chocolate de Neiman Marcus. Cliente de AOL: Valoramos tu opinión. Un mensaje de Barack Obama. Encuentra hipotecas baratas, Nora. Nora, es tu momento de esplendor. ¿Necesitas reducir gastos, Nora? Yvette quiere añadirte a su lista de amigos. No has podido establecer conexión con AOL.

Cuarta fase: Desencanto

¡Socorro! Me ahogo. Tengo 112 correos sin responder. Soy escritora: imagínense la cantidad de correos sin responder que podría acumular si tuviera un trabajo de verdad. Imagínense la cantidad de cosas que podría escribir si no tuviera que responder todos estos correos. Se me nubla la vista. Me duelen las muñecas. No me concentro. En cuanto me pongo a escribir, aparece el icono del correo electrónico y me siento obligada a comprobar si me ha llegado algo bueno o interesante. No. Aun así, podría llegar en cualquier momento. Y sí, es verdad que con el correo electrónico puedo resolver en pocos segundos lo que por teléfono ocuparía mucho más tiempo, pero la mayoría de los correos electrónicos que recibo son de gente que no tiene mi número de teléfono y, aunque lo tuviera, nunca me llamaría. En lo poco que he tardado en escribir este párrafo han llegado otros tres correos. Ahora tengo 115 correos sin responder. No: ya son 116. Uf, uf, uf, uf.

Quinta fase: Adaptación

Sí. No. No puedo. Ni hablar. Puede. Lo dudo. Lo siento. Lo siento mucho. Gracias. No, gracias. Estoy fuera. No tengo tiempo. Pídemelo dentro de un mes. Pídemelo en otoño. Pídemelo dentro de un año. Ahora puedes localizar a NoraE@aol.com en NoraE81082@gmail.com.

Sexta fase: Muerte

Llámame.

Fracasos

He tenido montones de fracasos.

He hecho películas que han sido un rotundo fracaso.

Cuando digo un rotundo fracaso quiero decir que han recibido malas críticas y no han dado dinero.

También he tenido fracasos parciales: han tenido buenas críticas pero no han dado dinero.

También he tenido éxitos.

Es estupendo tener éxitos. No hay nada como un éxito.

Pero es horrible tener fracasos. Es doloroso y humillante. Es triste y solitario.

Un par de mis fracasos acabaron por convertirse en obras de culto, que es la última esperanza que a uno le queda para un fracaso, pero la mayoría de mis fracasos siguieron siendo fracasos.

Los fracasos se quedan contigo de una manera distinta a los éxitos. Los reestructuras. Los recortas. Los reescribes. Vuelves a ponerlos en escena. Revisas los «y si» y los «ojalá». Buscas culpables.

Una de las mejores cosas de dirigir películas, en lugar de limitarte a escribirlas, es que no hay confusión sobre quién es el culpable: eres tú. Pero antes de ser directora, cuando era solamente guionista, podía culpar a todo el mundo. Hace años escribí una película que no funcionó. En mi opinión. Puede que hayan visto esta película. Incluso puede que les encantara. Pero cuando se estrenó, fue un fracaso. Recibió exactamente una buena crítica en todo Estados Unidos, y después se hundió como una piedra.

Pasé años tratando de explicarme qué había hecho mal y qué tendría que haber hecho. ¿Qué tendría que haberle dicho al director? ¿Qué tendría que haber hecho para defender el borrador original del guion, que era el mejor, el de la voz en *off*? ¿Cómo habría podido evitar que el director insertara la secuencia de la casa de la risa, o que cortara los *flashbacks*, tan divertidos? ¿Lo eran?

Pasé años dándole vueltas a todo esto, y un día quedé para comer con el montador de la película. Estaba a punto de dirigir mi primer proyecto y necesitaba consejo. Acabamos hablando del fracaso. Debió de ser él quien sacó el tema; yo no lo habría mencionado. Esta es otra peculiaridad de los fracasos, que nunca vuelves a hablar de ellos porque duelen demasiado. El editor me aseguró que no se habría podido hacer nada; dijo que el problema era el reparto. Esto me tranquilizó temporalmente. Al menos era una explicación para el enigma de por qué la película no había funcionado: el reparto fallaba. Claro. O sea que no era culpa mía. Qué alivio.

Esta teoría me tranquilizó durante mucho tiempo, hasta que, hace poco, volví a ver la película y comprendí por qué no funcionaba. El reparto no tenía ningún defecto; el problema era el guion. El guion no daba la talla, no era tan divertido, no era tan ingenioso. O sea que, al final, la culpa sí era mía.

Por cierto, una cosa que uno espera cuando la película no recibe buenas críticas es que algún crítico importante la reciba con los brazos abiertos y ataque a todos los críticos que no la apreciaron en el momento del estreno. Señalo esto por dos motivos: el primero, para que ustedes vean hasta qué punto se vuelve uno patético después de un fracaso; y el segundo, porque esto, sorprendentemente, le ocurrió en realidad a una película mía: *Se acabó el pastel*. La película fracasó en el estreno. Al cabo de un año, Vincent Canby, el prestigioso crítico de cine del *New York Times*, la vio por primera vez y escribió un artículo en el que la calificaba de pequeña obra maestra. Estas no fueron sus palabras exactas, pero casi. Y declaraba su perplejidad por el hecho de que otros críticos no hubieran visto lo buena que era. De todos modos, no me consoló demasiado, porque no podía dejar de preguntarme si las cosas habrían sido distintas en el supuesto de que Canby hubiera reseñado la película en el momento de su estreno. No insinúo que se hubieran vendido más entradas, pero una buena reseña en el *Times* amortigua el golpe.

Una de las caras más tristes de un fracaso es que, incluso cuando, con el tiempo, el producto llega a tener una vida saludable, incluso aunque en parte se redima, la herida y el dolor de la experiencia no se borran. Lo peor es que, al final, acabas dándole la razón al público, que desde el principio no valoró gran cosa la película. Le das la razón, aun cuando eso signifique abandonar a tu hijo.

La gente que no trabaja en el sector siempre se pregunta si sabías que la película iba a ser un fracaso. Dicen: «¿No lo sabían?», «¿Cómo no lo sabían?». Mi experiencia es que no lo sabes. No lo sabes porque el guion te absorbe. Te encanta el reparto. Te enamoras del equipo. Doscientas o trescientas personas te han acompañado en la aventura; han entregado seis meses o un año de su vida a una empresa porque les has hecho creer en ella. Es tu fiesta, eres la anfitriona. Te has desvivido para mejorar el *catering* en el rodaje. Has hecho un viaje en avión desde Wisconsin cargada de natillas heladas. Y todo el mundo lo está pasando de maravilla.

Ahora sé que cuando estás rodando una película y el equipo se parte de risa y el jefe de sonido te dice que estás haciendo la película más divertida de la historia, puede que algo falle.

La primera vez que pasó esto, no tenía la menor idea. Al equipo le encantaba la película. Se desternillaban. El operador de cámara y el primer ayudante tenían que llenarse la boca de clínex para no reírse. Luego, al editar las tomas, el resultado fue muy pobre. Permítanme ser más explícita: era una comedia del montón, de esas que hacen reír a la gente con los chistes y, aun así, no gusta. Ese es el momento en el que uno tendría que darse cuenta de que está cerca del fracaso, pero uno no se da cuenta. Al fin y al cabo, la gente se ha reído. Por algo será. Y circulan tantas historias de películas que se arreglaron después de que se comprobara que el montaje no funcionaba. Hay casos sonados. *Atracción fatal* se arregló. No es que tu película se parezca remotamente a *Atracción fatal* pero, de todos modos, eso te da esperanza.

Así que revisas el montaje. Y vuelves a rodar.

Y el resultado sigue siendo pobre.

Entonces ya sabes con certeza que es un fracaso. Hay que ser idiota para no saberlo.

Pero no lo ves. Porque tienes esperanza. No pierdes la esperanza a pesar de todo. La esperanza de que a la crítica le guste. Puede que eso ayude. La esperanza de que el estudio monte un buen tráiler que explique la película para el público. Pasas horas al teléfono con la gente de *marketing*. Te preocupas de hacer el seguimiento de los números. Te engañas pensando que las proyecciones de prueba no tienen importancia, aunque la tienen, muchísima, sobre todo cuando haces una película comercial.

Y por fin se estrena la película y ya está. Las críticas no son buenas y nadie va a verla. Cabe la posibi-

lidad de que no vuelvas a trabajar nunca. Nadie te llama. Nadie habla de la cinta.

Pero el tiempo transcurre. La vida sigue. Tienes la suerte de hacer otra película.

Pese a todo, el fracaso sigue ahí, en la historia de tu vida, como un agujero negro con un campo magnético brutal.

Aunque hay gente que encuentra elementos positivos en los fracasos. Se escriben libros sobre el éxito alcanzado a través del fracaso y sobre el poder del fracaso. El fracaso, dicen, es una experiencia que te hace crecer; del fracaso se aprende. Ojalá fuera cierto. Yo creo que la enseñanza principal de un fracaso es que es muy posible que vuelvas a tener otro fracaso.

Mi mayor fracaso fue una obra de teatro que escribí. Recibió lo que se conoce como críticas dispares: es decir, tuvo algunas buenas críticas pero no en el *New York Times*. Resistió malamente un par de meses y se acabó. Se perdió todo lo invertido. La experiencia me resultó especialmente dolorosa porque era lo mejor que había escrito nunca. Si me paro un momento a pensarlo, me echo a llorar.

Hay obras de teatro que fracasan pero siguen teniendo una vida en producciones de compañías estables y de aficionados, pero no fue el caso de esta. Nadie la representa nunca, en ninguna parte.

Pensarán ustedes que debería haber perdido la esperanza de que a esta obra pueda pasarle algo bueno algún día, pero no es así: a veces fantaseo con la idea de que, cuando me esté muriendo, alguien con capacidad de recuperarla vendrá a despedirse al lado de mi cama, y le diré: «¿Puedo pedirte un favor?». Y él dirá que sí. ¿Qué me va a decir? Al fin y al cabo, me estoy muriendo. Y le diré: «¿Me harías el favor de reestrenar mi obra?».

¿Puede haber algo más patético que eso?

Cena de Navidad

En casa celebramos una cena tradicional de Navidad.
Lo hacemos desde hace veintidós años. Nos reunimos
catorce personas —ocho padres y seis hijos— la semana
de Navidad, en casa de Jim y Phoebe. Por una noche al
año somos una familia, una familia alegre, improvisada,
una familia de amigos. Nos hacemos regalos sencillos,
pronosticamos los acontecimientos del próximo año y
comemos.

Cada uno aporta una parte de la cena. Maggie lleva
los entrantes. Como toda la gente a quien se le asigna
llevar los entrantes, a Maggie no le gusta demasiado
cocinar, pero resulta que es una magnífica compradora
de entrantes. Jim y Phoebe preparan el plato principal,
porque la cena es en su casa. Este año van a hacer un
pavo. Ruthie y yo siempre somos las encargadas de los
postres. La especialidad de Ruthie es un pudin de pan
delicioso. Yo nunca consigo decidirme por un solo pos-

tre, así que a veces hago tres: algo de chocolate (como una tarta con crema de chocolate); una tarta de fruta (como la tarta Tatin) y un pudin de ciruelas que solo como yo. Me encanta hacer postres para la cena de Navidad, y siempre he creído que hago unos postres excelentes. Pero ahora que todo se ha ido a la porra y me he visto obligada a repasar las veintidós últimas cenas de Navidad, me he dado cuenta de que el único postre que todo el mundo tomaba con verdaderas ganas era el pudin de pan de Ruthie; nadie elogió nunca mis postres. Que haya podido pasar veintidós cenas sin darme cuenta de una verdad tan sencilla es uno de los aspectos más desconcertantes de esta historia.

Ruthie murió hace poco más de un año. Ruthie era mi mejor amiga. También era la mejor amiga de Maggie y de Phoebe. Estábamos destrozadas. Un mes después de su muerte celebramos nuestra cena tradicional de Navidad, pero no fue lo mismo sin Ruthie: la vida no era lo mismo, la cena de Navidad no era lo mismo, y el pudin de pan de Ruthie (que hice siguiendo su receta) tampoco fue lo mismo. Este año, cuando empezamos a debatir cuándo haríamos la cena de Navidad, le dije a Phoebe que había decidido no hacer el pudin de pan de Ruthie, porque me daba mucha pena que hubiera muerto, y eso me haría sentir peor todavía.

El caso es que fijamos la fecha de la cena. Y entonces, Stanley, el marido de Ruthie, anunció que no quería ir. Dijo que estaba demasiado triste. Así que Phoebe decidió invitar a otros familiares en su lugar. Invitó a Walter y Priscilla y a sus hijos a la cena. Walter y Priscilla eran buenos amigos nuestros, pero cuatro años antes Priscilla decidió que ya no le gustaba vivir en Nueva York y anunció que se mudaba, con los niños, a Inglaterra. Priscilla es inglesa y por tanto tiene derecho a preferir Inglaterra a Nueva York; de todos modos, costaba no tomárselo como algo personal. El caso es que Priscilla vendría a Manhattan con los niños, para pasar las Navidades con Walter, y aceptaron la invitación a nuestra cena. Un par de días más tarde Phoebe me llamó para decirme que le había pedido a Priscilla que hiciera uno de los postres. Me quedé de piedra. Los postres los hago yo. Me encanta hacer los postres. Hago unos postres excelentes. Priscilla odia hacer postres. El único postre que ha hecho Priscilla alguna vez es el bizcocho borracho con frutas y crema, y cuando lo sirve siempre dice que odia ese bizcocho, y nunca lo prueba.

—Pero hará su bizcocho borracho con frutas y crema —dije.

—No, no hará ese —contestó Phoebe.

—¿Cómo lo sabes?

—Le voy a pedir que no lo haga —dijo Phoebe—. Y, cambiando de tema, ¿se te da bien el puré de patatas?

—Claro.

—Pues trae puré de patatas, porque a Jim y a mí nunca nos sale bien.

—Muy bien.

Pasaron varios días mientras yo iba pensando en qué postres llevar a la cena de Navidad. Leí el nuevo libro de repostería de Martha Stewart y encontré una receta de tarta de cereza. Encargué por internet cerezas para tarta y me las trajeron desde Wisconsin. Compré los ingredientes de la tarta de ciruelas que solo tomo yo.

Pensé en hacer una tarta de menta. Y entonces ocurrió algo tremendo: Phoebe me envió un correo electrónico para decirme que, como yo iba a hacer el puré de patatas, le había pedido a Priscilla que hiciera todos los postres. No me lo podía creer. ¿Me quitaban los postres y me degradaban al puré de patatas? Yo era una cocinera legendaria: ¿cómo era posible? Se me pasó por la cabeza que Phoebe estaba usando la muerte de Ruthie como excusa para que yo dejara de hacer postres. Probablemente llevaba años intentándolo; solo era cuestión de tiempo que me adjudicaran los entrantes, desplazando a Maggie, que sin duda quedaría relegada a los frutos secos.

Me di un baño para analizar este golpe a mi autoestima.

Salí de la bañera y contesté al correo de Phoebe con un simple: «¿QUÉ?». Me pareció sutil y brillante, y pensé que llamaría su atención.

Minutos después sonó el teléfono. Era Phoebe. No llamaba por mi correo electrónico.

—No me lo puedo creer —dijo—. Acabo de recibir un correo electrónico de Priscilla, que sigue en Inglaterra y dice que no hace el postre. Que Walter ha ido a Londres y ha comprado tartaletas de frutas. Que las trae a Nueva York. Yo odio las tartaletas de frutas. Las odio a muerte. ¿No hiciste tú una vez tartaletas de frutas y nadie las probó?

—Era una tarta de ciruelas —dije—. Y a mí me gustó.

—¡Tartaletas de fruta! —insistió Phoebe—. ¿Quién va a comer tartaletas de fruta?

—¿Qué vas a hacer?

—Ya está hecho. Le he dicho que ni hablar de tartaletas de fruta, que encargue un tronco de chocolate y un bizcocho de coco en Eli's y que me los envíen a casa. ¡Tartaletas de fruta! ¡Hay que ver!

—No me lo puedo creer —le dije—. Debemos de estar hablando de la mujer más cruel del planeta.

—¿Quién? —preguntó Phoebe.

—Tú. ¿Por qué no hago yo los postres? Me gustaba hacer los postres. Mi tarta de menta del año pasado tuvo mucho éxito.

—Me acuerdo de esa tarta.

—Este año he encargado cerezas de Wisconsin —dije—. Solo los gastos de envío me han costado cincuenta y dos dólares.

—Si quieres traer postre, trae postre.

—Pero no necesitamos postre porque ya hay tartaletas de fruta y tronco de chocolate y...

—Bizcocho de coco —remató Phoebe—. El bizcocho de coco no puede faltar. Pero tú puedes traer lo que quieras.

Colgué el teléfono. Todo me daba vueltas. Para colmo, ya había salido a comprar dos litros de helado de menta para la tarta de menta que ya no iba a hacer, a menos que quisiera demostrar que soy la campeona mundial de todos los tiempos en la categoría de no-sabe-pillar-la-indirecta. Cuánto echaba de menos a Ruthie. Si ella estuviera viva nada de esto habría pasado. Ruthie era el pegamento, era quien nos creaba la ilusión de ser una familia, la madre que nos quería tanto que nos hacía querernos unos a otros, era el espíritu de la Navidad. Ahora éramos un grupo de hermanas enfrentadas; su muerte nos daba libertad para sacar lo peor de nosotras mismas.

Fui a mi ordenador y busqué las fotos de las últimas Navidades que pasamos todos juntos: tan felices, amontonados, tapándonos unos a otros. Ahí estaba Ruthie. Tenía una sonrisa preciosísima.

Al día siguiente llamó Walter. Acababa de llegar a Nueva York con catorce tartaletas de fruta y las llevaría a la cena de Navidad, contra viento y marea. «Me encanta la tartaleta de frutas —dijo—. Sin tartaleta de frutas no sería Navidad.»

Entiendo cómo se siente.

Pudin de pan con mantequilla de Ruthie

- 5 huevos grandes
- 4 yemas de huevo
- 220 g de azúcar
- 1 g de sal
- 1 litro de leche entera
- 250 g de nata espesa, y otro tanto
  para servir
- 4,5 g de extracto de vainilla
- Doce rebanadas de brioche de 1,25 cm
  de grosor, sin corteza, untadas por un
  lado con una generosa capa de mantequilla
- 70 g de azúcar de repostería

Precalentar el horno a 190 °C. Untar con mantequilla una fuente de horno de dos litros.

Batir despacio los huevos, las yemas, el azúcar granulado y la sal, hasta que esté todo bien mezclado.

Calentar la leche y la nata en una cazuela a fuego fuerte sin que llegue a hervir. Retirar del fuego cuando borbotee o chisporrotee al inclinar la cazuela, y añadir el extracto de vainilla. Añadir a la mezcla y REMOVER CON CUIDADO, sin batir, hasta que se mezcle con el huevo.

Colocar en la fuente de horno las rebanadas de pan superpuestas, con la parte untada de mantequilla hacia arriba, y cubrirlas con la mezcla de huevo. Poner la fuente al baño maría. Meter al horno unos 45 minutos, o hasta que el pan cobre un tono entre dorado y tostado y al pincharlo con un cuchillo, este salga limpio. El pan tiene que estar dorado y el pudin inflado. Se puede hacer con unas horas de antelación. No hay que meterlo en el frigorífico.

Antes de servir, rociar con azúcar de repostería y gratinar. Quédense cerca del horno: estará listo en cosa de un minuto. También se puede tostar el azúcar con uno de esos cacharros para hacer *crème brûlée*.

Servir con una fuente de nata espesa.

La palabra que empieza por D

Lo más importante sobre mí, durante buena parte de mi vida, era que estaba divorciada. Era así incluso cuando ya no estaba divorciada porque había vuelto a casarme. Ahora llevo más de veinte años casada con mi tercer marido. Pero cuando tienes hijos con alguien de quien te divorcias, el divorcio lo define todo; es una realidad latente, una porción de ira de tu empanada mental.

Por supuesto que hay buenos divorcios, en los que todo se hace con buena educación, incluso con cordialidad. La pensión de los niños llega puntualmente. Se cumple el calendario de visitas. Tu exmarido llama al timbre y se queda en la puerta; nunca entra sin llamar y se sirve un café. En mi próxima vida tengo que conseguir uno de estos divorcios.

Una cosa buena que me gustaría decir del divorcio es que a veces te permite ser mucho mejor pareja para el siguiente marido, porque tienes un blanco contra el que dirigir tu enfado; no lo diriges contra la persona con la que vives.

Otra cosa buena del divorcio es que saca a la luz algo que con el matrimonio permanece oculto, y es que estás sola. No hay una lucha de poder para ver quién de los dos se levanta a medianoche; te levantas tú.

En lo que se refiere a los niños, sin embargo, no se me ocurre que el divorcio tenga nada bueno. En esto no cabe engaño posible, aunque mucha gente se engaña. Por ejemplo, dicen que es mejor que los niños no crezcan con sus padres si la pareja no es feliz. Pero, a menos que los padres se peguen mutuamente o maltraten a los hijos, los niños siempre salen ganando cuando sus padres están juntos. Son demasiado pequeños para vivir en dos casas. Son demasiado pequeños para asimilar la idea de que las dos personas a las que más quieren en el mundo ya no se quieren, si es que se han querido alguna vez. Son demasiado pequeños para entender que ni con toda la ilusión del mundo van a conseguir que sus padres vuelvan a vivir juntos. Y este lío moderno de la custodia compartida no contribuye en nada a suavizar la cruda realidad de los hijos de padres divorciados: para estar con uno de sus padres, tienen que alejarse del otro.

El mejor divorcio se da cuando no hay hijos. Ese fue mi primer divorcio. Sales por la puerta y no miras atrás. Había gatos, gatos a los que yo adoraba; mi marido y yo hablábamos con voz de gato. Cuando se acabó la relación, no volví a acordarme ni una sola vez de los gatos (hasta que hablé de ellos en una novela, disfrazándolos de hámsteres).

Unos meses antes de que mi primer marido y yo rompiéramos, una revista me encargó un artículo sobre el envidiable matrimonio de los actores Rod Steiger y Claire Bloom. Fui a verlos a su casa, en la Quinta Avenida, y se empeñaron en que los entrevistara por separado. Esto tendría que haberme dado que pensar. Pero estaba despistada. Lo

cierto es que, visto con perspectiva, yo diría que hasta los cincuenta años he estado despistada. El caso es que los entrevisté en habitaciones separadas. Parecían muy felices. Escribí el artículo, lo entregué; la revista lo aceptó y me envió un cheque; cobré el cheque y, al día siguiente, Rod Steiger y Claire Bloom anunciaron que se divorciaban. No me lo podía creer. ¿Por qué no me lo dijeron? ¿Por qué permitieron que una revista publicara un artículo sobre su matrimonio si iban a divorciarse?

Pero entonces se acabó mi matrimonio, y alrededor de una semana después, un fotógrafo se presentó en mi antigua casa con el encargo de hacer una foto de mi marido y mía para ilustrar un artículo sobre nuestra cocina. Yo no estaba, claro. Me había mudado. Es más, me había olvidado de la cita. La periodista encargada del artículo estaba indignada porque no me había acordado, porque no había llamado, no la había avisado; y enfadada, sin duda, porque hubiera aceptado una entrevista sobre mi cocina conyugal cuando ya tenía que saber que iba a divorciarme. La verdad es que una no siempre sabe que va a divorciarse. Llevas años casada, y un buen día, la idea del divorcio se te mete en la cabeza. Se queda ahí una temporada. Le das vueltas. Haces listas. Calculas el coste. Anotas los agravios, lo positivo y lo negativo. Tienes una aventura. Empiezas a ir al loquero. Los dos empezáis a ir al loquero. Y un día pones punto final a la relación, no porque pase algo particularmente peor de lo que ha pasado un día antes sino porque de repente tienes dónde quedarte mientras buscas piso, o porque tu padre te regala tres mil dólares con los que no contabas.

No pretendo omitir el contexto. Mi primera relación de pareja terminó a principios de la década de 1970, cuando el movimiento de las mujeres estaba en plena ebullición. Jules Feiffer dibujaba tiras cómicas de jóvenes bailando como locas, buscándose a sí mismas, porque así éramos todas en realidad. Nos tomábamos las cosas demasiado en serio. Redactábamos contratos para repartir las tareas domésticas de una forma más equitativa. Formábamos grupos de concienciación, nos sentábamos en círculo y fingíamos que no teníamos celos las unas de las otras. Leíamos panfletos que decían que lo personal es político. Y, ciertamente, lo personal *es* político, aunque no tanto como entonces queríamos creer.

Pero el mayor problema de nuestras relaciones conyugales no era que nuestros maridos no compartieran las tareas domésticas, sino que éramos de lo más quisquillosas y nuestros maridos nos sacaban totalmente de quicio.

Una cosa que recuerdo de mis grupos de concienciación es que, un día, una mujer se echó a llorar porque su marido le había regalado una sartén por su cumpleaños.

Y lo curioso es que esta mujer nunca se divorció.

Las demás sí nos divorciamos.

Crecimos en una época en la que nadie se divorciaba y, de la noche a la mañana, todo el mundo se divorciaba.

Mi segundo divorcio fue el peor tipo de divorcio. Teníamos dos hijos; uno recién nacido. Mi marido se enamoró de otra. Me enteré de su aventura cuando aún estaba embarazada. Había ido a pasar el día a Nueva York y me había reunido con Jay Presson Allen, una escritora y productora. Cuando estaba a punto de irme a LaGuardia para volver a Washington en el puente aéreo, Jay me dio un guion que casualmente tenía por ahí, de un guionista inglés llamado Frederic Raphael. «Lee esto —me dijo—. Te va a gustar.»

Lo abrí en el avión. Empezaba con una pareja casada, en una cena. No recuerdo sus nombres pero vamos a llamarlos Clive y Lavinia, para ambientar la historia. La cena era muy elegante, y todo el mundo era inteligente, ingenioso y tenía conversaciones brillantes. Clive y Lavinia eran especialmente listos y charlaban entre sí con mucho encanto, como coqueteando. Todos los invitados los admiraban, por separado y como pareja. Por fin se sentaban a cenar y la cháchara continuaba. En mitad de la cena, un hombre que estaba sentado al lado de Lavinia le pone una mano en la pierna. Ella le apaga el cigarrillo en la mano. La conversación sigue siendo deslumbrante. Terminada la cena, Clive y Lavinia vuelven a casa en su coche. La conversación se ha interrumpido y hacen el viaje en silencio total. No tienen nada que decirse. Hasta que Lavinia suelta: «Vale. Dime quién es».

Esto estaba en la página ocho.

Cerré el guion. No podía respirar. En ese momento supe que mi marido tenía una aventura. Hice el resto del viaje anonadada. El avión aterrizó, llegué a casa y fui directa a su despacho. Había un cajón cerrado con llave. Claro. Lo sabía. Encontré la llave. Abrí el cajón y allí estaba la prueba: un libro de cuentos infantiles que ella le había regalado, con una dedicatoria de amor eterno estúpida a más no poder. Hablé de todo esto en *Se acabó el pastel*, una novela muy divertida, aunque en su día la cosa no tuvo ninguna gracia. Me volví loca de pena. Estaba destrozada. Me aterraba pensar qué iba a ser de mis hijos y de mí. Me sentí engañada, idiota y absolutamente humillada. Me preguntaba si terminaría convertida en una de esas divorciadas que no tiene más remedio que mudarse con sus hijos a Connecticut y de la que nadie vuelve a saber nada.

Me fui de casa, con mucho dramatismo, y volví después de muchas promesas. Mi marido entró en el ciclo habitual en estos casos: mentiras, mentiras y más mentiras. Yo entré en estado de vigilancia: abría con vapor los sobres de los extractos de la American Express, les hacía jurar a mis amigos que guardaran el secreto y descubría que esos amigos a quienes había hecho jurar que guardaran el secreto no eran capaces de guardar un secreto, etcétera. Había un misterioso recibo de James Robinson Antiques. Llamé a James Robinson, me hice pasar por la secretaria de mi marido y dije que necesitaba saber con exactitud a qué pieza correspondía el recibo, para poder asegurarla. Resultó que el recibo era de una caja de porcelana antigua que decía «Te quiero de verdad». Probablemente se parecía a la caja de porcelana antigua que mi marido me había regalado un par de años antes y que decía: «Por siempre jamás». Cuento todo esto para que se comprenda que forma parte del proceso: cuando descubres que él te ha engañado, tienes que seguir descubriendo pruebas y más pruebas, hasta que te has rebajado tanto que lo único que puedes hacer es largarte.

Cuando terminó mi segundo matrimonio yo estaba enfadada, dolida y atónita.

Ahora pienso: Por supuesto.

Pienso: ¿Quién puede ser fiel cuando es joven?

Pienso: Son cosas que pasan.

Pienso: La gente se descuida y casi nunca hay consecuencias (solo para los niños, como ya he dicho).

Y sobreviví. Mi religión es: Supéralo. Lo transformé en una historia divertida. Escribí una novela. Con el dinero que gané con la novela me compré una casa.

Dicen que con el tiempo el dolor se olvida. Es el cliché del parto: el dolor se olvida. No comparto esa opinión. Me acuerdo del dolor. Lo que se olvida en realidad es el amor.

El divorcio parece que va a durar eternamente y un buen día, de pronto, los hijos se hacen mayores, se van de casa y hacen su vida, y salvo algún destello ocasional, no vuelves a tener ningún contacto con tu exmarido. El divorcio ha durado mucho más que el matrimonio, pero por fin ha terminado.

Se acabó.

A lo que iba es a que, durante mucho tiempo, el hecho de haberme divorciado era lo más importante sobre mí.

Y ya no lo es.

Ahora lo más importante sobre mí es que soy vieja.

La palabra que empieza por V

Soy vieja.

Tengo sesenta y nueve años.

En realidad, no soy vieja.

Viejo de verdad se es a los ochenta.

Pero una persona joven definitivamente pensaría que soy vieja.

A nadie le gusta reconocer que es viejo.

Como mucho, la gente está dispuesta a aceptar que es mayor. O algo mayor.

En estos tiempos de gimnasios, tintes y cirugía estética, es posible vivir buena parte de la vida sin sentirse viejo ni parecerlo.

Pero un día te falla la rodilla, o el hombro, o la espalda, o la cadera. Se acaban los sofocos; todo se cae. Te salen manchas. El canalillo parece un hueso de melocotón. Si los codos estuvieran colocados hacia delante, te suicidarías. Has encogido cinco centímetros. Pesas cinco kilos más y no conseguirías perder uno ni aunque te fuera la vida en ello. Las manos ya no funcionan tan bien como antes y no eres capaz de abrir botellas, tarros, envoltorios, sobre todo esos envases que son un molde de plástico rígido. Si te vieras varada en una isla desierta y la comida estuviera envasada en uno de esos moldes de plástico, te morirías de hambre. Tomas tantas pastillas por la mañana que no te queda hueco para desayunar.

Al mismo tiempo, la conversación cambia y se llena de palabras como escáner y resonancia magnética. Ves cáncer por todas partes. Una vez a la semana llega una mala noticia. Una vez al mes hay un funeral. Pierdes a amigos cercanos y descubres una de las peores verdades de la vejez: que son irremplazables. Gente que corre siete kilómetros al día y se alimenta solo de frutos secos y frutas del bosque cae fulminada. Gente que se bebe una botella de whisky y se fuma dos paquetes de tabaco al día cae fulminada. De repente has entrado en un sorteo, en el último juego de azar, y tu suerte algún día se acabará. Todo el mundo se muere. No puedes evitarlo. Tanto si comes seis almendras al día como si no. Tanto si crees en Dios como si no.

(Aunque no cabe duda de que creer en Dios vendría muy bien. Sería estupendo creer que existe un plan y que todo ocurre por una razón. Yo no lo creo. Y cada vez que una amiga me dice: «Todo ocurre por una razón», me dan ganas de darle un sopapo.)

Algún día no seré solo vieja, mayor o algo mayor: seré muy vieja. Me veré claramente impedida por la edad: me será imposible leer, hablar u oír lo que se dice, comer lo que me gusta o dar una vuelta a la manzana. Mi memoria, de la que todavía puedo hacer bromas, se habrá vuelto tan borrosa que tendré que fingir que sé lo que está pasando.

Darme cuenta de que me quedan solo unos años buenos me ha impactado sinceramente y me ha dado mucho que pensar. Me gustaría haber encontrado alguna revelación profunda, pero no. Intento descubrir cada día qué me apetece hacer en realidad. Me digo: Si este es uno de los últimos días de mi vida, ¿estoy haciendo exactamente lo que quiero? No tengo grandes aspiraciones. Mi idea de un día perfecto es tomar unas natillas heladas en Shake Shack y dar un paseo por el parque. (Y, después, una pastilla para la intolerancia a la lactosa.) Mi idea de una noche perfecta es ver una buena obra de teatro y cenar en Orso. (Aunque sin ajo, o no podré dormir.) El otro día encontré una pastelería en la que hacen el que era mi bizcocho favorito de pequeña, y resultó ser tal como lo recordaba: me alegró toda la semana. La otra noche, cuando subíamos por la autovía Franklin D. Roosevelt, Manhattan irradiaba su fabuloso centelleo mágico, y solo podía pensar en lo afortunada que había sido por pasar mi vida adulta en Nueva York.

Íbamos todos los veranos a nuestra casa de Long Island. Subíamos al coche con los niños el mismo día que les daban las vacaciones y no volvíamos hasta el Día del Trabajo, el 5 de septiembre. Siempre estábamos en Long Island a finales de junio, mi época favorita del año, cuando el sol no se pone hasta las nueve y media, y tienes la sensación de que vas a vivir eternamente. El 4 de Julio hacíamos picnic para ver los fuegos artificiales en la playa, cavábamos un hoyo en la arena, encendíamos una fogata y cantábamos: es decir, por una noche, nos sentíamos una familia convencional (en vez de la familia divorciada que éramos, hecha de remiendos, psicoanalizada y tan moderna).

A mediados de julio llegaban los gansos. Pasaban volando en formación, batiendo el aire con las alas a una velocidad de infarto. Me encantaba el ruido que hacían. No se marchaban todavía al sur; casi todos iban de lago en lago. Pero ese momento, cuando te dabas cuenta de que habían llegado (simplemente por el ruido de las alas), era una de las cosas que hacían que los veranos en Long Island pareciesen tan mágicos.

Con el tiempo, claro, los chicos se hicieron mayores y en la casa de la playa solo estábamos Nick y yo. Los gansos se convirtieron en otra cosa: en la primera señal de que el verano no duraría eternamente y de que pronto terminaría otro año más. Luego, siento decirlo, se convirtieron en una señal no solo del fin del verano sino del fin de todo lo demás. Entonces dejaron de gustarme. De hecho, les tomé manía. Me molestaba especialmente el ruido que hacían, que no era el batir de las alas —¿cómo se me había podido ocurrir que era eso?— sino una cacofonía de graznidos.

Ya no vamos a Long Island en verano y ya no oigo a los gansos. A veces vamos a Los Ángeles, donde hay colibríes, y me encanta observar lo ocupados que están aprovechando la vida al máximo.

Cosas que no echaré de menos

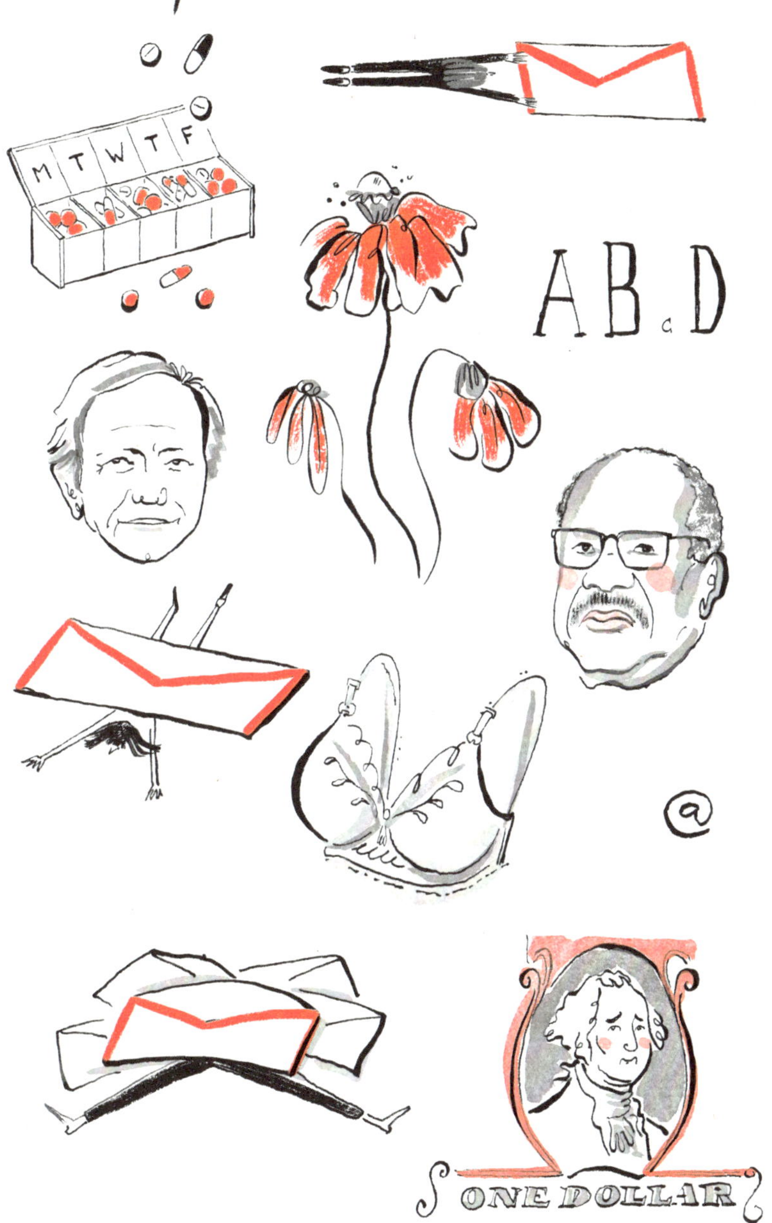

La piel seca.

Las cenas indigestas, como la de anoche.

El correo electrónico.

La tecnología en general.

Mi armario.

Lavarme el pelo.

El sujetador.

Los funerales.

La enfermedad por todas partes.

Las encuestas que demuestran que el 32 por ciento de los estadounidenses creen en el creacionismo.

Las encuestas.

La Fox.

El colapso del dólar.

A Joe Lieberman.

A Clarence Thomas.

Los bar mitzvás.

Las mamografías.

Las flores secas.

El ruido de la aspiradora.

Las facturas.

El correo electrónico. Sé que ya lo he dicho, pero quiero subrayarlo.

La letra pequeña.

Las mesas redondas sobre las mujeres en el mundo del cine.

Desmaquillarme todas las noches.

Cosas que echaré de menos

A mis hijos.

A Nick.

La primavera.

El otoño.

Los gofres.

El concepto de gofre.

El beicon.

Pasear por el parque.

La idea de pasear por el parque.

El parque.

El festival *Shakespeare in the Park*.

La cama.

Leer en la cama.

Los fuegos artificiales.

Las risas.

La vista desde mi ventana.

El parpadeo de las luces.

La mantequilla.

Cenar en casa los dos solos.

Cenar con amigos.

Cenar con amigos en ciudades en las que ninguno de nosotros vivimos.

París.

El año que viene en Estambul.

Orgullo y prejuicio.

El árbol de Navidad.

La cena de Acción de Gracias.

El blog *One for the Table*.

El cerezo silvestre.

Darme un baño.

Cruzar el puente hacia Manhattan.

Las tartas.

Agradecimientos

No me gusta mi cuello

Gracias a Amanda Urban, Delia Ephron, Jerome Kass, David Remnick, Amy Gross, Shelley Wanger y Bob Gottlieb.

También me gustaría dar las gracias a las personas que se han esforzado tanto para que la fuerza de la gravedad no me afecte. Gracias a ellas, aparento aproximadamente un año menos. Vosotras sabéis quiénes sois.

No me acuerdo de nada

Gracias, como siempre, a Delia Ephron, Bob Gottlieb, Amanda Urban y Nick Pileggi.

También a Arianna Huffington, David Shipley, Shelley Wanger, David Remnick, Paul Bogaards y Maria Verel.

También a J. J. Sacha.

Y también, por supuesto, a mis médicos.

Desde LIBROS DEL ASTEROIDE queremos agradecerle el tiempo
que ha dedicado a la lectura de *Ni me gusta mi cuello ni me acuerdo de nada*.
Esperamos que el libro le haya gustado y le animamos
a que, si así ha sido, lo recomiende a otro lector.

Queremos animarle también a que nos visite en
www.librosdelasteroide.com y en nuestros perfiles de Facebook, Twitter
e Instagram, donde encontrará información completa y detallada sobre
todas nuestras publicaciones y podrá ponerse en contacto con nosotros
para hacernos llegar sus opiniones y sugerencias.
Le esperamos.